U0148260

抬头看
二十九次月亮

WAITING FOR A FULL MOON

张皓宸 作品

湖南文艺出版社
HUNAN LITERATURE AND ART PUBLISHING HOUSE

博集天卷
CS-BOOKY

抬头看
二十九次月亮

WAITING FOR A FULL MOON

故乡像是住在身体里的一抹悬日，

落不下，想放下。

罢了，还能称之为故乡，

是因为家人还在。

抬头看
二十九次月亮

WAITING FOR A FULL MOON

人们接受新事物的速度太快，

也擅长遗忘，

我也渐渐很少去书店了。

你想要什么，宇宙会拼命来帮你，

但前提是，先真心地喜欢自己。

寂寞是一种清福，以前不理解，现在尤为感同身受。

那些因为内耗乱序的意马心猿，

都在与孤独一寸寸的交涉中，逐渐摸清了生活的底细。

我们经过长夜，只要抬头，月亮都还在。

就以这本书作为暗号，

愿我及我的读者都长命百岁，情绪健康，美好大方，

还要一起看很久的月亮。

抬头看
二十九次月亮

WAITING FOR A FULL MOON

目
录

Contents

龙泉

故乡像是住在身体里的一抹悬日，
落不下，想放下。

我不是一个合格的成都人。

对成都这座城市的印象几乎都是后天培养的：四川话是大学四年向室友学的；外地朋友让我推荐好吃的馆子，我只能打开点评软件；问我景点，我只知道春熙路游客多，宽窄巷子很文艺，锦里古街够热闹，青城山是高中毕业才第一次去，峨眉山至今还没去过；研究地图时，后知后觉，原来成都的城市交通与北京一样，道路都是环线。

我的成长环境特殊，因为家人工作的关系，从小生活在成都郊区一隅，名为龙泉。在那小小的航天城里，会聚了从各地过来的人，几代人围绕着"航天厂"工作，恋爱，安家，厂里的人只会讲普通话，厂区、学校和家的距离靠步行可达。子弟校和家属院围成了封闭的圆圈，那里一半烟火一半清欢，是我记忆中的全部人间。

我四岁那年，外公带我先到了龙泉，父母留在市外的山上工作。我一路扒着绿皮火车的车窗，满目星光。初次见识小城，兴奋不已，在外公家里的木地板上打滚，拽着外公外婆一起追天上飞过的飞机。世界的模样正式在我面前铺展。我小学三年级时，父母终于调派过来，几年未见有点陌生。飞机的轰鸣声传来，我爸想逗弄我，一把将我抱起，喊："儿啊，快看大鸟！"我兴趣缺缺，回他一句："没见过飞机啊。"

我爸放下我，看来重新培养感情这件事任重道远。

记忆中的龙泉是个温柔过度的小城，被一层不张扬的灰色覆盖，像拉低了饱和度的老照片，潮湿阴郁，没有多少赤裸裸的晴朗。街道上人少不喧闹，人力三轮车的铃声清脆入耳。夏日凉爽，冬季冷入骨，早晨上学浓雾笼罩，一两米开外就见不到人了。冷气像是碎钉子钻进毛衣，穿多厚都没用，冻得人动弹不得。

龙泉虽冷，但几乎没有下雪天，一呼一吸间只有热气团子。幼稚如我们，两三个同学模仿武侠片里练功的大师互吐"真气"，还有人叼着圆珠笔，有模有样地猛吸一口，缓缓吐出长气。一看就是老烟枪。

现在想来，与外公外婆生活的那几年，就是我向往的生活。我们住的居民楼前有一大片闲置的荒地，居民们挨家挨户认领，捯饬成了菜地。我与外公外婆一起种菜收菜，在田埂间抓虫子，与天牛对话，吹散淘气的蒲公英，拔一根狗尾巴草放在唇间当胡子，装满一塑料瓶的蚂蚱回家。记得第一次悉心照料的空心菜被外公炒了，我还哭了鼻子。

外公很会做菜，脑子里长了菜谱，平日从不显山露水，只要出手必定一鸣惊人。啤酒鸭、糯米甜肉、火爆腰花、粉蒸排骨，还有麻辣小龙虾……写到这儿，我忍不住咽了团口水。念念不忘，必有回响，至今这些菜也霸占我下馆子的必点榜单。后来意识到，不是我爱吃，而是外公会做。回到了哲学上先有鸡还是蛋的问题，简单来说，就是我爱吃他做的菜，四舍五入，爱他。

童年噩梦之一，父母在龙泉奋斗了几年，终于买上了自己的房子，这意味着我要从外公家搬走了。他们接我回到家的第一天，我咬了一口我妈精心烹饪的糖醋排骨，比铁还硬比钢还强，我号啕大哭。

也是从那年开始，我不得已正式展开龙泉的美食地图。我家离学校就十分钟步行的路程，这一路，八仙过海各显神通。家门口摊子上的夹心面包，中间有一条咸口的奶油，一口咬下去，面包的酥香柔软裹着奶油一同在嘴里化开，早晨的胃就醒了。液化炉上的蛋香扑鼻，不用猜，蛋烘糕的推车前一定排着长队。很多人喜欢咸口，三成酸豇豆，七成肉末，分开炒香再混合，我喜欢巧克力酱加肉松，一定要很多肉松。蛋烘糕外皮金黄酥脆，内皮细腻软糯，囫囵吃完，再来第二个，才算过瘾。

卖凉拌串串的阿婆，出摊要看她心情，一周总有那么几天进城找她儿子。她拌的土豆太好吃了，一毛钱一串，红油和白芝麻牢牢扒在上面，咬一口，脆的。如今我对土豆的挑剔都拜她所赐，不爱吃煮软的土豆，涮火锅朋友们都要帮我"盯梢"，稍不留神涮久了，土豆在我嘴里就换了个物种。

校门口的珍珠奶茶，超大杯最划算，要加珍珠加椰果。还有像被子一样的铺盖面，佐着酸菜肉丝浇头，每口都是幸福。但不能太贪心，面皮咬不断容易噎着。街上那一排的串串香店，随意选，每家都好吃。虽然流行地沟油的传说，他们的锅底会来回用一整天，越煮越香，大家伙才不在意，龙泉人的胃是铁打的。

夜幕降临，冷啖杯儿的桌椅在店门前铺满。其实为什么叫冷啖杯儿，我至今也不知道，还一定要儿化音才够味，反正就是喝酒撸串，只要灯火未暗，今天就不会结束。

如果把目光放到成都市里，春熙路的龙抄手、玉林的串串街、望平街的跷脚牛肉，还有本地人必吃的苍蝇馆子，不论它们是几星评价，我心里也难有波澜。毕竟太陌生，美食是外化的情感连接。

对市里最熟悉的馆子，只有肯德基。逢年过节的朝圣之地，吃到汉堡薯条是奖励，被说了几十年的垃圾食品，坦白讲我到现在也喜欢吃。其实我们的终极目标是儿童餐的玩具，那个左手录音右手说"红包拿来"的哆啦A梦公仔，至今还摆在老家的书架上。

我小时候对吃这件事过于执迷，外公包的包子一口气能吃十几个，把主食当菜吃，全家都不懂克制。我妈有个光辉事迹，前一晚给我投喂了一整盆剥好的龙眼，第二天上课，我牙龈和鼻子突然喷血，把老师和同学吓坏了，再多卫生纸都止不住，最后被拉去了医院。

青春期的我都是这样胖过来的，靠吨位拉高存在感，可太内向，一看就好欺负。几个贪玩的同学互丢我的课本，几个回合下来封面就被撕坏了。我不敢吭声，回到外公家趴在床上掉眼泪。外公过来哄我，我无处发泄脾气，就责怪是他太放任我，把我喂胖了，没有人会喜欢胖子。

外公不言不语，默默将那本撕坏的课本拿出来，用一张滑溜溜的年历做了个封面，严丝合缝地粘在课本上，包好书皮，写上我的名字。

我在《你是最好的自己》一书中写过他，给他起名"舍不得先生"。这篇文章后来被选为中学语文考卷上的阅读理解。其中有一题问：爷爷对"我"的爱表现在哪些方面？请结合文章进行概括。

作者本人亲自来回答：表现在我肚子上的每寸肉，圆嘟嘟的笑脸，可以撒娇哭泣的理由，感受幸福的能力，见着或未见的所有绚烂的痕迹；给了我故乡。

龙泉毕竟带着大成都的基因，遍地是茶楼。前去的客人主要不是为了品茗，而是搓麻将。我家小区对面，是著名的麻将一条街，无论什么时段经过，屋里都人满为患。

学会打麻将之前，我想不通这些小方块是如何让每个大人如此流连忘返的。

印象中两次半夜醒来陷入深深恐惧的体验，都赶上了父母在麻将桌上通宵鏖战。一次是上三年级，刚看完《妈妈再爱我一次》，梦里都是我妈在耳边唱"世上只有妈妈好"，环绕式催泪。流着眼泪醒来，见他们屋里亮着灯，我妈的酒红色大衣"瘫"在床上，人不见了。半梦半醒间，我吓坏了，以为自己被遗弃了，半夜冲去大马路上喊他俩名字。另一次是他们有前车之鉴学乖了，人跑了，但是锁了我的房门，我不能往大马路上去，只能趴着窗户哭天喊地，整栋楼的邻居都被我喊醒了。事后外公对他俩进行了严肃的批评教育。

耳濡目染之下，这麻将我也会了。对麻将来说，只有不会打和爱打，很难有中间值。而打通宵是对麻将最好的尊重。我们一家对麻将的尊重，要么是我和我爸带着早饭，去迎接日出和茶楼里的我妈，要么就是我爸上战场，第二天带着早饭回家。也会有他们带着我同进同出的时候，我搬着板凳坐在他们中间，时间悄悄来到半夜一点，他俩后知后觉，异口同声："呀！你怎么还在这儿！快回去睡觉！"

这该死的默契啊。

沿着麻将一条街走到主路上，再向尽头走就是龙泉山。

山上种满了桃树。每逢三四月，桃花漫山遍野绽放，如同罩上一层粉嫩轻柔的薄纱，那是我青春的秘密基地，承载了太多故事。开发前的野山几抹葱翠，路是被人生生踩出来的，我和伙伴们经常上来探险、郊游踏青、烧烤。所有的烦心事在每一次远望中都能云散烟消。桃花天然暧昧，很多小情侣上山来谈恋爱。那时懵懂，我们常常偷看别人牵手亲嘴，思春的躁动在粉色的花萼间同步绽放，于是桃花树上被我们刻下了很多遍自己暗恋的人的名字。

外公外婆常来爬山，每条山路烂熟于心。有一年，外公在半山坳忽然小腿泄了力，直往山边滚去，正巧被一棵桃花树护住，捡回一条命。家里人听闻后担惊受怕，拽他去医院做了个全身检查，命令他以后不能再爬山了。但这老头不当回事，说自己命硬，执意还要上山。外公年轻时当过兵，朝鲜战场收尾那年，有个美国兵夜里潜入他们山上的营里，一声枪响，敌方的子弹打中守哨的外公，还好子弹射偏，只是打掉了他的帽子。从那一天开始，他每多活一天，其实都是赚到了。

外公常说，山上的桃花树是有灵气的，懂得照护人。这我承认，花期用力绽放，抖落一场春天，生出芳香扑鼻的水蜜桃。这些树，一年四季都不闲着。

龙泉山上的水蜜桃远近闻名，《诗经》中说，"园有桃，其实之肴"。洗好的桃子一定要先闭眼细嗅，那芳香沁人，像是开始一场心灵按摩的仪式。试着一大口咬下，清甜甘洌的汁水似一股清泉往味蕾里涌入，每次咀嚼，舌尖都传来潺潺水声。太快乐了。

这些年在北京吃到的所谓龙泉水蜜桃，完全不是从前的味道。如今龙泉山被修成了小型的森林公园，桃花树被砍掉大半。当年我们踏过的路变成石板路，游客多了，那座山的灵气也就此消失了。

龙泉山规划后，我再也没去过。准确来说，我已经很多年没回龙泉了。当初觉得那几条老街都好长，怎么走也走不完，真正走到头了，原来是长大的时候。

必须非常坦诚地说，或许我骨子里对这个小城是带着嫌弃的，毕竟因为身材被欺负的那几年真的不好受。这里装载了不堪回首的贪嗔痴，生活习惯和节奏的不同早已注定我无法在这里常住。但换一个语义，或许这笨拙刻意的回避，是怕被更多的回忆波及，提醒我身体里流动的情感。否则怎么会原本只想寥寥几笔带过的故乡，竟然不知不觉写到这里。

算了算，上次回龙泉是五年前，给我爷爷扫墓。我较少提他。我爸那边的亲戚见面次数不多，对爷爷称不上熟悉，只记得他生前喜欢拿筷子蘸两滴白酒给我尝。他是二〇〇八年走的，我在医院见了他最后一面，他就咽了气。我爸说，他是在等我。

那是我第一次近距离接触死亡，也是第一次见我爸哭。

那年真的发生了好多事，所有人都在期待奥运会，我在准备高考。考前一个月，汶川发生地震，我看着摇晃的天花板不停掉落水泥块和石头渣，脑中跑马灯闪过，全是父母的样子。原来人以为自己将死的时候，最想念的人是爸妈，这情感纽带或许呼应着出生之前，灵魂早早就与他们打好了照面，要在今生完成一场轮回。当时通信全断，学生们挤在学校操场上等家人来接，我目送身边的同学离开，父母才姗姗来迟。他们抱着我着急解释，先去安稳家里的老人了。我躲在他们怀中，鼻腔发酸，没有人知道那场灾难将去向何方。

余震未停，我们在厂里的空地睡了一周的帐篷，我背着拗口的数学公式，透过帐篷拉锁的缝隙，看到了星星。

也是那一年冬天，龙泉下雪了，一下就是五天。可能是爷爷回来了吧。

后来我在成都市里给父母买了房，可他们住不习惯，还是辗转回到龙泉老房里，宁愿爬上爬下，说是锻炼腿脚。龙泉来来回回就那么大，走不出去，也不想走了。外公在视频电话里说着情话，说听到我的声音就可以睡个好觉了。他今年八十七岁，皮肤透亮，脸部饱满，鲜有皱纹。听说他有一套独特的按摩手法，有机会向他取取经。

再多遐想，人事已非，他们像被埋在沙堆之下，在海水来回的侵蚀中，再也找不回来了。想吃推车上那个加了很多很多肉松的蛋烘糕，想去找那棵刻了名字的桃花树，想找撕坏我课本的家伙干架，想问问卖串的阿婆，还在这个世界上吗？

故乡像是住在身体里的一抹悬日，落不下，想放下。罢了，还能称之为故乡，是因为家人还在。

这悠悠年月，留痕自有轻重，想要后会有期的，又何止你我。离别聚散在龙泉，四季轮回事如风。

三姐妹

不变其实挺好，说句实在的，
过去的人比现在的人真诚。

倦鸟思巢，思乡的情绪是小时候瞄准成人身体扔出的回旋镖。

只要我回龙泉，都是我家的节日，亲人定会聚齐，畅快吃喝。这其中，我妈、二姨，小姨，三姐妹的嗓门，足以奏成一支交响曲。

外公给她们起名用心良苦，单名分别是"梅""红""静"。怎料名不如其人。在凛冽寒风中独自开放的梅花，要与寒冬顽强争高下，可我妈特别怕冷，一丁点磕碰就易衰，是家中的长公主。象征顺利喜庆的红，在我二姨这里也变成低调和寡淡，欲望极低，只想隐于人群，谁都不要注意她。相反，小姨很张扬，最不静的就是她。

她们三姐妹在一起，化学反应微妙，总会因为小姨一个幼稚的观点或行径，让我妈忧患意识上头，循循善诱。"躺平"的二姨一身反骨，不以为然。三人陷入僵局，倒不是争吵，只是各自说理的音量太高，好几次我忍不住拿起桌上的电视遥控器，对着她们，按下音量键。

外公应该给她们改名，单名分别叫"小""点""声"。

从我记事起，三姐妹牢靠地围绕在我的成长区间，相伴而生，相依而存。

女人在的地方，自有丰盛的情感能量场。我妈与我爸是高中同学，我爸从河北农村来，年轻气盛，见不得我妈断层第一的好成绩，硬要与她较量。棋逢对手，两人赛出感情。

有一回班上组织登山，我爸先爬上平台，绅士地将女生们一个个牵上来。那是他第一次与我妈有肢体接触。后来他说，其他人他都没来电，只有牵我妈的时候，感觉心痒痒。我妈无动于衷：你这是在验货呢，臭毛病。

他们这段感情最大的阻力其实是我外公，以我爸的条件，外公嫌弃得有理由，倒不是苛责，只怪我妈太优秀。两人被拆散，分手仪式定在外公家楼下的花坛边，我妈决绝地提出分手，头也不回地离开。我爸呆愣在原地目送她的背影，在他的记忆中，虽然分手果断，但远远看过去，我妈似乎在哭。

再讲起这个故事，我向我妈求证，她说，哭啥，没有太伤心，因为当时外公早已给她看过下一个相亲对象的照片，还挺帅的。也是，公主怎么可能缺男人。

毕业后，我爸妈都回了厂里，他们分在不同车间。我爸天性好动，是厂里的弄潮儿，带起穿喇叭裤跳交际舞的风潮，靠糊弄人的笔杆子功夫给厂长写演讲稿，顺带给我妈写情书。有情人的笔下，字字句句都是春药，最终感动了我外公（以及我妈）。

感谢我爸坚信天道酬勤，以及外公的不杀之恩，才有我在这里记录这段趣事。

相较于我妈，二姨的爱情之路相对顺利。

旅行是一场艳遇。当时两个厂做联谊，不过是去隔壁镇上过了个周末的工夫，二姨就对蹬自行车的二姨父一见钟情，再难思迁。记忆中，只要有二姨出现的照片上，身旁都会有一辆二姨父的自行车。恍惚中，不知她嫁的是人，还是一辆自行车。

二姨父工作的厂房迁到了离龙泉五十多千米远的温江，外公含泪送走二女儿。接下来，压力给到我小姨。

小姨是折腾型选手，懵懂的自我刚发芽，生长速度旺盛。相亲过程中，她毫不避讳展示真实的自己，千金散尽也要买包，干吃不胖，不着急生娃，一套很年轻的玩法。她谈过几次恋爱，男人没见过她这种可爱女人，都招架不住，节节败退。

其中有一段感情，她陷进去了，表现在破天荒摘掉近视镜，配了隐形眼镜。那时我刚上初中，经常见她在屋子里偷摸捯饬小盒子，还有一瓶巨大的贴着英文标签的塑料瓶，我总以为这是什么神秘的化学物品，再加上她的工作单位叫"保密科"，我脑补了不少悬疑桥段。

那个男朋友对我们很好，家里第一台小霸王学习机就是他买的，他还教我和我表妹玩《魂斗罗》和《超级马里奥》。我抚摸着游戏手柄，世界打开了一个新维度，我祈祷他们会相守一生一世。

对大多数恋人来说，永恒也许是很长时间，也许就止在明天。他们分手的时候，男人将小霸王学习机拿走了。小姨在床上嗷嗷哭，我和表妹交替着哭。

好坏都是邂逅的一部分。小姨最后找了个当兵的小姨父，人高马大，出快拳，拳头挥在我们眼前，一手作势拍打自己的胸，砰砰响。我们不住地眨眼，被逗得开怀。当人心居无定所，习惯向外漂流时，有人在浪中张牙舞爪，其实是在呼唤一块浮木。

小姨父应该就是小姨的那块浮木。

小姨婚后依然喜欢挥霍，像是个永远长不大的姑娘，对万物都好奇。我妈经常以这点来教育她。这几年我自己的金钱观成形，劝过我妈，钱不是存出来的，会花才会赚，宇宙之神告诉我们，质量是守恒的。

我妈反唇相讥，她不信神。打麻将凭直觉，玩我的那些电脑游戏也不看攻略，从不算命，因为容易听进去，起心动念，都成了不好的因果，最后折磨她自己。

她曾经信过鬼神。

　　龙泉周边有个庙宇叫石经寺，香火向来旺盛。我们第一次到庙里是我八九岁时，我妈无比虔诚，带我跪完了每一尊佛，结果回来我就发高烧，烧了一周才退。自此身体堪虞，隔三岔五就上医院输液，没少折腾他们。

　　我以为她因此不信因果和命运，就是个横冲直撞的凡夫俗子。直到几年前，她与朋友旅游回来，告诉我差点出意外。成都周边的野山多是迂回的盘山公路，路面狭窄，路边也几乎无遮挡，非常考验司机的技术。他们自驾游，同事开的七座车，下山路上刹车忽然失灵，直接向下俯冲。司机没忍住叫喊，车上的人乱作一团，一个我妈很信任的朋友不听劝，当场跳车。车上有人开始哭，我妈近乎绝望了，还好司机最后稳住，没有弃车，猛打方向盘，选择让车撞上山体，靠阻力让车停下来，才没有冲破拐弯，飞下山崖。

　　讲到这儿，她眼眶被泪熏红，选择告诉我她藏得更深的一件事。在我之后，她其实打掉过一个孩子，后来不止一次梦见过他。如果质量真是守恒的，她认为自己这一生都在为此接受大大小小的惩罚。

　　我突然懂得她半辈子的谨小慎微，与她那些过分没有安全感的逻辑和解，更听到了远去二十多年，她牵着我的手，跪在神明面前的念叨和忏悔。

　　大人用年岁装满的经验，我曾经不屑一顾，但在他们身上发生的故事，足以撑破我所有理所应当的认知。

其实不怪她啊，是时代欠她的。

不着急生娃的小姨，在婚后第二年怀孕了。

小姨怀孕是家里的大事，生人勿进。她太瘦，肚子占据了她半个身体，医生也说她的身体很难保住孩子，需要好好照顾。全家照办，十月怀胎，结果小姨父胖了一圈，连外公外婆都圆润了，小姨的体重只是多了一个肚子里的我弟。

她生产那天，我妈早早守在医院。我弟出来后，她整个人都是迷糊的，没力气看孩子，泪痕挂在睁不开的眼睛上，干皮焊住嘴唇，我没见过她这样虚弱的样子。她双唇微微开合，听不太清，大概是想说看看孩子。我妈坐在一旁，让她省力气，少说话，用棉签擦掉她嘴上的牙垢。

二姨激动地从温江的麻将桌上赶回来，第一时间去产房看了我弟，来到小姨身边，第一句话就是，小不点怎么像个猴子。

虚弱的小姨被闷头一击，吓得一口咬住我妈手里的棉签头，眼泪扑簌扑簌地掉。我妈拽着棉签，嚷嚷道："你们都给我出去！"

二〇一七年初，寻常的一天，二姨晕在麻将桌上。

她陷入深度昏迷，病危通知书是我妈签的字。医生说她脑子里有个瘤，要开颅。头发已经剃光了，结果医生又改口，说可以微创。剪掉的头发回不来，还好昏迷的二姨不知道这个乌龙。

二姨被推进手术室，我妈与小姨，还有家里几个男丁留在外面。外公外婆至今都不知道当年二姨的病有多严重。后来我问过我妈，为什么不告诉他们，如果，我是说如果……该如何交代。她回答得没有一丝犹豫，她说当时站在手术室外，心里就是有个声音告诉她，不会有事的。她从未这么坚定过。

我相信她的回答，因为她所剩不多的坚定，一次是养大我，另一次就是从鬼门关那里，带迷路的二姨回家。

我再与二姨见面，她已经出院，原本齐腰的长发变成寸头，视觉冲击难免让我鼻酸。还好家里人多，努力将翻涌的情绪咽下。回看齐整的一家人，好像改变了很多，又好像全无变化。

头两年二姨还是有后遗症，走路晃悠，掌握不好平衡，说话控制不住眨眼。现在调养得好，已无大碍，能继续打麻将，就是还不敢上飞机。她从未离开过四川，或许生活的地图就此成了巴掌大，但比起不自由的遗憾，仍拥有生命的地图，对我们一家来说都是件极大的幸事。

最新的照片里，二姨父骑着自行车，因为这些年照顾二姨，憔悴不少。二姨意气风发地坐在后座，双手环着他的腰，眼里都是光。我看得泪目，她果然嫁给了一辆对她很好的自行车。

前阵子与朋友聊到一个有趣的话题。这个世界上，有三种动物绝经后不会死亡，分别是人类、虎鲸和领航鲸。对其他生物来说，一旦停止繁殖，生命也将走向终结。这个进化难题，连达尔文都无解。

由此看来，作为人类，每一位女性生命的意义从源头开始，就不止于婚姻与受孕。成为母亲，只是她们的能力，而更广阔的生命质量，是成为自己。

"女性主义"是现在被频繁提及的敏感词，排开那些绝对的、非黑即白的、极端的表述，至少在我家的三姐妹身上，我看见了想象中的女性的样貌。

她们这一代人，有刻在骨子里的保守和传统，那也归于时代困境的滥觞。她们身上有我们无法企及的坚韧，可以因为爱走进一段关系，也可以因为教条住进婚姻的围城。生孩子是她们的选择，她们用了很长时间证明自己的选择是对的。经历过大大小小的事情，即使做不到完全自我，也对爱的人绝对真诚。

我成人后，只要回家，三姐妹仍会聚在我身边，用永远打不散的热闹，比从前音量更大的吵嚷，盘问我那些出走的记忆与情感。晚上躺在床上，耳畔还萦绕她们尖厉的声音，叽叽喳喳，响个不停。

我曾经一直误以为自己见过更好的世界，总想给家人最好的，显露自以为是的觉悟。这其实是一种急迫，你看那些着急的人，都不怎么好看。

不变其实挺好，说句实在的，过去的人比现在的人真诚。

就好像每年春节，他们还是照例给我压岁钱。不管我今年已经成为多么乏味的大人，仍然喜欢声声唤我的小名。我小名叫乐乐，或许我骨子里不是快乐的人，但被他们叫着叫着，竟也成真了。

偷书贼

你瞧这些白云聚了又散，散了又聚，

人生离合，亦复如斯。

再进入三味书屋是需要勇气的。

一日放学路上，镇上几个高年级的男生围上来，让我交出零用钱。我刚用一周早餐钱买回当月的漫画杂志，拿不出分毫。其中一个高个子男生不由分说地翻了我的书包，掏出杂志，眉眼微抬，问我书哪儿来的。我指了指老街对面的三味书屋。

他扣下我的书包，教唆道："给我偷本出来。"

他们要的漫画，与我理解的漫画不同。

不是《老夫子》《机器猫》之流，而是日本情色漫画。那是当时男生们视若珍宝的"生物教材"。画风精致，剧情紧凑，三不五时就有香艳场面当作料。男生们并排挤在书架前，装腔作势地认真阅读，满脑子都是高潮，欲望沸腾。

那个货架实在太热门了，我就有幸挤进去看过一次。终于碰上能容纳我身位的地方，我挤在其他人中间，满目灿烂，一整墙的日本漫画，随意取一本翻开，大尺度画面直击眼球，性启蒙从那一刻开启。

　　说回偷书。

　　因为紧张，我憋了满肚子的尿，提肛夹臀进了三味书屋。老板娘嘴里叼着烟，正在看小电视上的 TVB（香港电视广播有限公司）港片。她认得我这个常客，没有半点防备。日本漫画的位置在店门出口的右侧，好几个男生正在并排看。我刻意在其他书架间逡巡，装作书太多挑花眼的样子，最后扫兴而归。出门前，从夹缝中顺走了一本漫画，塞进校服里，头也不回地冲了出去。

　　室外天光耀眼，我埋头看路面，不敢与任何人对视，微微侧头偷看老板娘有没有跟出来，直到确认安全。一路感到下体浪潮涌动，这种酥麻的感觉，像是坐过山车时向下俯冲，巨大的恐惧和亢奋袭来，做坏事生出的恶之花，结成精神上的甜果，咬一口，格外甜畅。就像偷梨的奥古斯丁在《忏悔录》里说，他之所以偷邻居的梨，并不是真的喜欢吃梨，而是出于自己对邪恶本身的爱好。这使得这件事变得更邪恶。

　　我用那本情色漫画换回了自己的书包。回家路上，我边走边掉泪，深感自己变成了恶人。

　　"三味书屋"这个名字是老板娘起的，她本来是金庸迷，想叫"桃花岛"。开店前一刻，觉得鲁迅更有文化，"三味书屋"更像是一个书店的名字。三味书屋开在我学校旁边，从校门出来，向左行个两百米，就能在十字路口看见。

　　店面原本不大，后来老板娘将旁边卖羊毛裤的店面盘下来，打通成一家店。虽然面积大了，但教辅资料也只占一小部分，杂志、小说和闲书居多，因此成了同学们的后花园。

　　她是初代营销高手，只要城管不来，一定将书摊支在店门外面，C 位摆上当期的杂志，或者韩寒、郭敬明、小妮子等人刚上市的小说。即使城管来了，她也能见招拆招，从对街的面店端上来两碗冒着热气的豇豆拌面，再递上两包烟，陪他们摆个龙门阵。她是老烟枪，与城管吞云吐雾间，就能处成熟人。

　　偷书之后，我再没去过三味书屋。

　　直到每月必买的杂志上市，老远就瞄见它摆在 C 位的摊头上。我在书店门口徘徊许久，着实忍不住，小拳头一握，上前娴熟地捡起一本，淡定自若地进屋掏钱。过程中老板娘都不抬头看我一眼。我给了她二十块，她径直接过，塞进胸前的抽屉里，没有下文。我愣在原地，嗫嚅道："找……找钱啊。"老板娘捏着烟头，朝我喷了口烟，呛得我连连后退了几步。她用捏烟的手指了指出口的货架，说："上次你拿的那本，我当你赊账的。"

此话一出，千斤重，我能感受到脊椎瞬间弯了些许，从脚底升到面颊的热流，像是从地底升出的爪，在脸上划拉出一片红晕。我贪婪地深吸一口气，索性想下一秒从地表消失。

少年仅剩的一点自尊，像是攀爬在玻璃杯中的两口红酒，不消喝，就见它兀自在杯中晃荡。我不再敢去三味书屋，宁可辗转四十分钟的公车去成都市里的书城。那段时间有多提心吊胆，表现在出了校门都不敢往三味书屋那边走，即使去了，也刻意走在对面，每一步都祈祷不要碰见老板娘。恐惧钻进脑子，远远见到一个身材与老板娘相近的女性就发怵，闻到烟味犯恶心，听到"鲁迅"两个字都后背发凉。

三个月后，与三味书屋同一条街，几步之外，开了家更大的书店。正红色的高亮招牌，与市里看到的无异，这是开在龙泉的第一家连锁书店。走进去，仿若进入了潘神的迷宫，货架向远处无限延伸，书籍种类繁多，让人眼花缭乱。知识的海洋没见识过，知识的长江反正是有了。

这之后，我几乎再没见过老板娘。

比起山川荒原，城市都是非常脆弱的，龙泉小城，自有野趣。我外公家楼下，有一条相对宽广的街道，直走可以绵延至龙泉山的山道。夜幕降临后，这条街会变成夜市。冬季晚上五点，夏季晚上六点，每逢开市，绛蓝色的天幕铺在车来车往的普通水泥路上，像是魔术般长出生气，小商品、服饰、电器、玩具……各类摊户前门庭若市，星星点点的灯亮起，一幅热闹的人间景象。

同学们经常去淘些小玩意：对钩的假球鞋，漂亮本子，明星海报，编手绳的绳子，潮流衣裳。我闲晃，分明听到有人在叫我，她叫的是"帅哥"。我闻声向铺子中心望去，看见了三味书屋的老板娘。

她在卖童装，说那家连锁书店进来后，三味书屋没生意，不能干耗着，这叫曲线救国，白天开书店，晚上来夜市摆摊。我实在很难支持她现在的生意，问她为什么卖童装，她说，与男人分开了，留了个儿子给她，她可以不活，得让儿子好好活。这些漂亮衣服可以先给儿子穿。

黑夜里总有什么要亮起来，不是她摊头的灯，就是她的心。

老板娘像株杂草，换个环境，也能存活。因为卖书攒下的关系，与很多街坊关系熟稔，童装生意也做得风生水起。为了卖童装，她戒了烟，她觉得小孩子的衣服上，不能留下烟味。她聪明，在童装摊头上放自己书店的广告，都是当下最火热的童书，买书也送童装的打折券，互相引流。

早年的梦幻联动。

她学那些服装店做了会员制，购书有折扣梯度，最高级别的会员每个月还有赠书，以及免费借阅。她还去打印店找人设计了小册子，印着新上市和即将上市的小说，让我与几个同学帮她在学校里发放。在贝塔斯曼书友会来之前，她就有了类似的模式。

不过一年的时间，三味书屋旁边的那家连锁书店搬空了，换成了连锁文具店，然后变成一个鸭脚火锅店，后来落得什么下场，已经在记忆中褪了色。只记得龙泉人口中每每提到这家如洞穴般的铺面，都非常神秘地断论，此地风水不好，无论是哪个老板接手，都倒霉。

老板娘的童装生意没做下去，街口的三味书屋仍旧坚挺。重新装修后，书店招牌从过去的普通蓝底白字变成了一幅淡咖色的水墨画，店名的玄青色书法字体写得笔走龙蛇。新装的玻璃门上，印着一只卡通猫咪，旁边有一行俏皮话："书到用时方恨少，肉到肥时方恨多。"几乎完全戳伤还是个胖墩的我幼小的心灵。后来知道这是选自金庸先生写在《鹿鼎记》里的一句可爱的笑料。

高中毕业后，我去市里上大学，很少再回龙泉。随着当当、亚马逊这些线上购书网站出现，惊人的折扣让实体书店寸步难行。人们接受新事物的速度太快，也擅长遗忘，我也渐渐很少去书店了。再路过三味书屋那条街的次数，都不需要掰着手指数，也就一两回吧，还都只是遥远的照面。

北漂十年石火光阴，被我遗忘的人与事，足以建成一座城。多年前回龙泉，外公家楼下的夜市被取缔了，烟火街道褪回成一条没有人气的柏油马路。高中的母校被市教委接管，老校区大刀阔斧地重装，连校名都变了。此后母校只存在于我的记忆中，这也成了不小的遗憾。

校门外向左走两百米，来到熟悉的十字路口，道路两旁树影疏朗，三味书屋早已不见踪迹，人如浮萍寥寥。老板娘可能早就忘了我这个曾经的偷书贼。

你瞧这些白云聚了又散，散了又聚，人生离合，亦复如斯。

我没见过老板娘的儿子。

听人说，她儿子其实夭折了，丈夫因此才离开她，否则怎么永远都只见她一个人，从未有人见过她口中的"儿子"？我不相信，她那么拼命，揭开命运的伤疤，寄希望于书店中的一撇一捺，肯定是想证明自己可以照顾好孩子。想起那年，她朝我喷的那缕烟，打散了她的面庞，即使我们没有对视，仍能觉察她的美好。手上的烟灰如此寂寞，才配得上她这么多年的踽踽独行。

那条老街上，能开一家小店的人，随便问一个，身上都背着故事。他们在黑暗中秉烛，无视命运的流离，或许只为一点希望。

去远方的皮蛋

选择相信他们的谎言，
不是因为年纪小，而是我愿意。

小时候养过一只狗，大概是中华田园犬和白色长毛京巴的混血儿。父母带回家时它还不到两个月，捧在手心脆弱得像个糯米团子。他们让我取名，五年级的我被委以重任，眼球一转，看过的动画片角色悉数列队举手。视线扫过篮子里的水果，家具电器，最后停在桌上那盘我爸吃剩的凉拌皮蛋上。

　　我脑干缺失，定名为皮蛋。

　　接下来放学的期待，除了动画片，还有皮蛋。我们养狗前得到了很多过来人的建议，什么东西能吃，什么要避免。地上放好塑料盆，打算慢慢教它正确屙屎尿的方式，结果皮蛋天性聪明，四只小腿蹦跶着就知道在盆里解决卫生。它不挑食，毛发也生得好，黏人适度，懂得迎接和目送，绝不在你忙碌的时候有半点打扰，是一只情商颇高的狗间小天使。

　　那会儿同学们流行养电子宠物，有了皮蛋，我就不顾那些数据的死活了。带它出去特有面子，我跑两步，它就屁颠屁颠地跟上来，走到哪儿跟到哪儿，必须确保我在它的视线范围内。它喜欢围着我打转，不在意让世界充满爱，只想让我的周围充满爱。

年纪小的时候，我对长大悬悬而望，当第一次感觉到被需要时，我终于离想象中的大人又近了一步。

懂事的家伙有糖吃，父母都很爱皮蛋，全家皆大欢喜养了它一年。某日正常放学回家，皮蛋没来门口迎我，我已经预感有事发生。

屋内没开灯，父母面色沉郁地坐在客厅，皮蛋不知去向，我着急寻根究底，我妈低头不语，最后是我爸开的口。他们带皮蛋去同学聚会，因为打麻将没注意，拴在门上的狗绳松了，皮蛋自己溜了出去。找了它几条街，也没见着。

我当然用尽了所有无赖的方式对抗这个意外，我不接受，瘫倒在地上撕心裂肺地哭，而后几天茶饭不思，见到父母就掉眼泪。

我失了魂，路上见到一条狗，就朝它喊皮蛋的名字。像是提前进入暮年，来回翻看相簿里皮蛋的照片，嘴里念念有词，不知在说什么。父母吓坏了，一周后，我爸买了一只近乎一模一样的串儿狗回来，告诉我找到皮蛋了。小时候不懂事，但我不傻，只能努力做到善解人意，当一切不曾发生。

这位新朋友脾气不好，我叫它"皮蛋"，它不屑理我，总在夜里叫唤，也不会围着我打转，无视装屎尿的塑料盆，无论我怎么教它，它都一定会尿在地上。唯一欣慰的，是它喜欢舔人，我到现在还能记得它舔我手时，那小舌头上的黏腻感。

当时一直有个未解之谜，我们看不见它的屎，以为是消化不太好。后来有一日我提早放学，到了家发现它正咬着自己的屎，用大快朵颐的方式证明它真的是狗这个物种。我摊开手闻了闻气味，只觉反胃，打开水龙头猛搓，肥皂用了大半块。

或许它也意识到我的嫌弃，从此夜里叫得更欢，半夜尤甚，吵到我们无法入眠，邻居上门投诉过很多次，无奈最后我爸还是将它送了人。我一丝挣扎也没有，就像是断了线的风筝，我捧着宝贝线轱辘，深知风筝丢了，不再骗自己了，这就是普通的线团子。

我断了养狗的念想，却在接下来几年，啼笑皆非地摊上一个小小的诅咒，转型变成了宠物杀手。萌宠荷兰猪，买来的时候说生命力顽强，家里人不过吃了顿火锅的时间，再去看它，已经魂归西天。养了一年的兔子，一直安居在外公家的窗台上，有一天突然想不开，跳楼了。生态盆景里的观赏鱼，大鱼吃小鱼，活到最后的那条，自己饿死了。校门口买的那种染色鸡崽，两块钱一只，都养不过三天，好不容易有一只破了纪录，养足一个月，眼看身上的染料褪去，生出天然的黄色毛发，结果被我刚满两岁的表弟，拎着鸡崽的细腿，当玩具往地上啪啪地砸。年纪轻轻就成了杀鸡凶手。养得最久的那两只仓鼠，外公用铁丝和袜子给它们做了窝，每日准点投喂菜叶和开水煮过的白肉，两年时间将它们照顾得白白胖胖。好景不长，其中一只先走了，没过多久，另一只开始围着袜子窝疯狂转圈，活生生将自己转死了。

哭笑不得的经历还有，做值日偷吃学校对街的重庆小面，狼吞虎咽时嘴里发酸，只见筷子上夹着一半蟑螂，剩下一半在我嘴里……好像这个不算宠物。

动物们造就的童年阴影，像是幼儿园午休的孩子，牢牢躺在我的回忆里，偶尔睡着，偶尔睁眼打闹，偶尔号啕大哭，无时不在提醒自己对生命照护的责任。如今我不再养任何宠物了，即便心底怜爱，也尽力保持一点冷酷感，至多会去猫咖狗咖猫头鹰咖，买毛绒玩具聊以自慰，或是向别人家的宠物示好。

工作室有只英短，我经纪人养的，陪她从潮湿的上海弄堂，一路打拼到北京。经纪人当年接它回家的时候正在听权志龙的歌，就给它起名龙龙。这起名方式与我的凉拌皮蛋异曲同工啊。

龙龙这只胖猫很妙，不知世故而世故，谁买的猫薄荷多就黏着谁，没有相处期，瘫在地上大方地露出肚子任你撸，蜷着四爪，眼神涣散，好生快活。如果别人家的猫会说话，第一句肯定是："不要摸我。"龙龙只会说："不要停。"

有一年我们做新书宣传，连续在外跑了两个月，经纪人当时还住在上海，托室友帮忙照看龙龙。其间，室友打来视频电话，只见龙龙脑歪眼斜，全身抽搐，去了好几家宠物诊所都看不出毛病。经纪人远程辗转联系上宠物专家，专家复看后，说龙龙的各项体征的确都正常。这疑难杂症让医生都起了好奇心，张罗各地专家线上会诊，最后初步判定是寄生虫感染，回家吃药观察。

等经纪人赶回家，龙龙就好了，以一整晚带着责怪的哼唧和在她床上撒尿作为惩罚。这分明是胖猫刻意为之的奇迹，只为榨取主人怜爱，赶紧回家。无法想象有一天我经纪人脱单，龙龙或许会统治人类。

我们一致觉得龙龙的行为举止像人。一位持修的大师去经纪人家做客，她很喜欢龙龙，指着墙上那幅经纪人从印度请回的唐卡，说："主人出去的时候，龙龙会在唐卡前礼拜，不信的话装个摄像头看看。"经纪人惊恐不已，连连摇头，表示并不想看到这一幕。

宠物通人性不奇怪。我相信灵魂是有交联的，不管肉身是何物，只要相处得久，每一处粒子，都会在对方身上振动。

龙龙有个表兄弟叫罐头，是我一个远在广州创业的朋友养的。它们家族的基因强悍，再优越的头身比，最后也会落入殊途同归的胖。因为罐头太胖了，一天的运动量就是跳上主人的办公桌以及趴下。这样躺平的日子过了好几年，一日清早，罐头莫名出走不见了。

朋友调取监控，发现它是在快递小哥进出的空当钻出去的，速度之快，令人不可置信。他们找了它几天，最后是在离家五千米外的小道上找到的。

都说猫会预测到自己的死亡，但它们不会选择在主人面前离世，所谓深情，往往正是没有做好告别的准备，于是远遁于一个藏匿自己的地方，悄悄离开。

朋友将罐头的骨灰倒入海里，哭着给我们发来视频。只见整个海面如同破碎的银河，随着卷动的浪泛起蓝色荧光，不住地朝岸上涌，像是一声声迟来的再见。

尽管在网上搜一下，就知道这是海洋生物体内的化学反应，它们大量聚集在海面且靠近海岸的位置时，海岸就会泛起荧光。但我们宁愿相信这是罐头的召唤，它借用这些发光的浮游生物，安排了一场浪漫的告别：请你好好生活，也请你，稍稍记得我。

或许这世间所有的巧合，都是爱你的人安排的结果。

看过一篇博文，说兽医最崩溃的瞬间，是帮宠物进行安乐死的时候。因为大部分主人都不忍心在病房看着它们进行注射，所以宠物在世上的最后一刻，其实都在焦急地寻找主人的身影。

宠物无条件爱你，而被宠物喜欢，比被一个人喜欢的幸福指数高太多了。看多了人与动物之间的情感，再回看人与人的关系，那些戏谑、暴戾和猜忌，反噬己身。猫猫狗狗从不吝啬展露自己的爱与需要，我们与人交往时，却对寻常的悸动都束手束脚，想要每一句"我爱你"都换来同等剂量的回应。

每一只宠物用它们的一生，教会主人两件事，即使你再糟糕也爱你，以及世界拱手送上的所有惊喜你都配得上。

有一年我回老家，外公做了一大桌子菜。人越老越爱回望过去，他们聊我小时候，忘记是谁开启话题，我讲起走丢的小皮蛋。外公撇撇嘴，说它哪儿是走丢的，它早死咯。小姨和外婆在旁边使眼色，他才意识到自己说漏了嘴。

当年我们住的老房子，烧洗澡水的燃气箱在厨房。那天我妈给皮蛋做完吃的，觉得厨房暖和，顺手关上了门，等她洗完澡出来，皮蛋已经没了呼吸。她为此偷偷哭过很多次，看《忠犬八公》的时候在我身后抹泪，《一条狗的使命》上映，说什么也不再看了。

电影里，狗狗转世很多次，也能认出主人，好可惜我见过那么多狗，至今皮蛋也没有认出我。

其实我也有个秘密没告诉他们。

我们家晚上睡觉没有锁门的习惯。我有天夜里醒来，听到我妈在哭，我好奇蹲在门口，听见我爸安慰她的话。

我早就知道皮蛋走了。

选择相信他们的谎言，不是因为年纪小，而是我愿意。至少在那个平行世界，圣诞老人会在平安夜送来礼物；公主和王子都能幸福地生活在一起；那只第一个飞上太空的地球生物，名叫"莱卡"的流浪狗，没有因为太空衣隔热不佳而失去生命，还在地球轨道上畅游。

就像我的皮蛋很勇敢，于是独自去了远方。

疯人愿

在这个复杂世界里，谁不是有惊无险地长大？

与涛同学认识是在情缘网吧里。

这是龙泉的第一家网吧，距离我学校两条街，接近问题少年常出没的长征北路。那条路上，台球馆、游戏厅相拥，步道上的烟贩和狗贩子神出鬼没。走到头，直通技校后门。江湖上多少血雨腥风发生于此，我这等愚昧少年很少踏足。

刚上初中那会儿，因为吨位大，我常被班上的男生"特殊照顾"，新生运动会上，有人故意推选我去扔铅球。我只是虚胖，奋力一丢，铅球脱手，在三米处安稳落地，裁判老师傻了眼，围观同学的嘲笑声毫不客气。

我卑微到地缝中，是我发小将散成沙的我捧起来，当着那一圈认识或者不认识的同学喊："有本事你们来丢啊！"

下一个班的男生上场，轻松丢出九米远。于是嘲笑声更甚。发小气急败坏地拉着我离开人群，即使我知道很多恶意是无法改变的，我也感激她的仗义，从此成了她的男闺密。

印象中她很会唱王菲的《流年》。"有生之年，狭路相逢，终不能幸免"，副歌这句假音听得沉醉，常让她重复唱给我听。

一日，她故作神秘跟我说，以后还想听她的假音，就帮她一个忙。

发小情窦初开，喜欢上一个初二的学长。下课铃是暗恋的鼓点，她拽着我到二楼，假装打水，晃着水杯经过他们班。只见她目视前方，眼珠子挤在眼尾，龇牙咧嘴地向我示意："最后一排，靠窗。"我们经过后门，我问："哪儿呢？"她不爽，又拽我往回走："你瞎啊，白不拉叽的那个！"

我终于看到了涛同学。确实，他在阳光下有点耀眼。现在想来，他在我回忆中的样貌，也许是有点皮肤病的，他白得不健康，贴近鬓角的头发几乎发黄。我不记得他的五官了，但肯定是个标准意义上的美人儿。

涛同学也看到了我们，和我四目相对，发小惨叫一声，拉着我逃之夭夭。

发小让我帮她追学长。具体计划是先派我打入敌军内部，负责渗透，再通过连带关系，让她坐收渔利，直接俘获敌军。

长征北路的街道上弥漫着一股顽劣之气，发小跟踪过好几次，情缘网吧是涛同学放学常来的窝点。那是我第一次进网吧，从小连游戏厅都只是路过的我，迈出的步子都提心吊胆。网吧内部光线混浊，烟雾缭绕，人们像是在修仙，根本没人注意到站在门口的弱小的我。

在两排黑乎乎的电脑桌后，我一眼瞧见了发光的涛同学。他的邻座空着，正合我意，我强装镇定，径直落座。好在八岁时我就已经拥有自己的电脑，开机的基础流程早已烂熟。我装作网吧老手的样子，看着 Windows 开机的进度条一脸虔诚，成竹在胸，直到界面跳出一个登录框。完蛋，这是啥？我着急忙慌在键盘上乱输一通，拨弄半天鼠标，无果。

"你得找网管给你开卡。"涛同学突然开腔，指了指在吧台上睡觉的中年男子。

颜面尽毁，我乖乖叫来网管，终于进入桌面。各色样式的游戏图标密密麻麻占据视线，让我看花了眼。尽管像《仙剑奇侠传》《红色警戒》《轩辕剑》这类最火热的单机游戏已经来回玩了数次，此刻的我也如同一只跳上井口的青蛙，惊觉外面的世界原来这么大。

涛同学全程在旁边玩一个看上去画风很幼稚的游戏，几次心理斗争后，我主动问他在玩什么。他说："《梦幻西游》。"

之前我在杂志上瞧见过，时下流行所谓的网络游戏，但奈何我爸妈还没给我开通互联网，记得那时上网是要用拨号联网的，上了网，家里的座机就用不了了，整得颇有仪式感。那个 Internet（互联网）的"e"图标对我来说，就像是美味的黄油蛋糕，我就是只不住搓手的苍蝇。

全然忘记此行目的，我伸着脖子看涛同学玩了好一会儿。他突然问我："想玩吗？"我点点头。"我可以带你。"涛同学给我申请了个号，在我眼前铺开网游的互联网地图。他说："这个游戏要花钱，十五块钱的点卡可以玩三十多个小时。"我掐指一算，等于两本杂志钱以及若干冷锅串串和蛋烘糕，太不划算，只得眼巴巴望着他，用眼神向他求助。好在他秒懂，补充道："没关系，人物九级之前不需要充点卡。"

于是一个六十多级的大唐带着一个刚建号的龙太子在新手村杀海龟，经验值储存在槽里，只要不升上九级，就可以一直待在新手村免费玩。他说："你什么时候准备好了，再出去。"

这一准备，就是一个月，毕竟下个月的零花钱还在路上。我们在东海湾泡了一个月，送上万只海龟上了西天，最后我们成了朋友。

发小从我这儿打听涛同学的喜好。我家连上网后，她常来找我玩《梦幻西游》，我俩玩同一个账号，平摊点卡费。后来涛同学也上我家，一机双开，带我们打怪升级。发小用星星眼望着他，暗涌的情愫堆在她背着手抠弄的指甲上，因为紧张而拔掉的倒刺，疼得她夜夜叫唤。

记得他俩第一次正式认识，是在我生日那天，我刻意留座，让他俩窝在客厅的小沙发上。发小全程表演甜美文静，含笑捂嘴，连唱生日歌都用夹子音。后来她在网游里抓到一只珍贵的变异宝宝，连连几个"×"浑厚地脱口而出，涛同学才醒悟，女人果然是善变的。

成人的时候，我们其实有两个身份证，一个是十八岁那年正经办的那张，另一个是自己的第一个QQ（聊天软件）号，那是千禧年弄潮儿的入场券，友情升温的盖戳。我的QQ号是涛同学送的。那些年，我给予这个QQ号亲爹般的照顾，花钱买红橙黄绿青蓝紫钻，买衣服，养宠物，研究空间代码，写非主流个性签名，起的网名叫"离天堂8英尺[1]"。发小问我为什么是8英尺，不是9英尺，那1英尺做错了什么。涛同学故作深沉，他替我解释道："8代表无穷大，还有个类似的形状叫莫比乌斯环，它只有一个面和一个边界，象征着不断的循环，不断的重逢。"

我其实就是随手写的，8，"发"嘛。还是肤浅了。

当时全校都流行挂QQ等级，我趁着父母睡着，偷偷开电脑挂机，着急想让那些星星月亮变成一个太阳。除了上网，班上的另一个流行活动是写交换日记，像是纸上论坛，多人参与，互相在同一个本子上点名留言。

---

[1] 英美制长度单位，1英尺合0.3048米。

我将日记本给了涛同学，参与者的格局从本年级直接扩张到初三。涛同学也给我面子，从不回别人，只给我留言，课间还常下来找我聊天。毕竟有学长光环，班上同学们都看在眼里，男生们再也没找过我麻烦。

语文课的作文命题，写"我的朋友"。我写的就是他，还成了范文，老师让我在班上念诵。我说我们是走在莫比乌斯环上的两个旅客，无论从哪里出发，都会重逢。

如果他在现场，或许更动情，只差临表涕零。

这期间还有一出插曲，发小拍完大头贴，剪下最大的那张，送给涛同学。结果被涛同学还回来了，说收别人的照片很奇怪。我着急上火，拉着发小到他们班，直接替她表白。涛同学一愣，说只想搞学习，不谈恋爱。

发小原本羞红的脸刷成死灰，嘴唇瞬间都白了。她哭了好久，责怪我破坏了她的计划，半个学期没与我说话，还暴饮暴食成了胖妞。年少的暗恋枯萎，抖落花瓣，只剩突兀的尖刺秆子。

搞学习不是嘴上说说的，涛同学的成绩一直是年级第一。期末的汇报表演上，他作为学生代表上台接受表彰，脱稿的一大串感言让麦克风都忍不住发出长鸣。我捂住耳朵，抬眼看他，光芒万丈。原来有人就是可以拥有朴素的生活和遥远的梦想，无须天寒地冻，不必路远马亡。

　　临近期末，涛同学送给我一张漫展门票，这是西南地区最大的一次漫展。我们约好逛展，我灰头土脸地拨开人群，来到约定的位置前，见有人装扮成《棋魂》里的藤原佐为，一众女孩子围着他拍照。定睛再看，那分明是涛同学。

　　没想过他还有这样的本事，化妆后的眉眼冷峻又神秘，白皙的皮肤配上一身冷白的长衫，更显邪魅，手上缓缓晃着一把折扇，紫色绸缎在袖间飘摇，漫画中的人物有了生命。

　　他看到了我，将我从人群中拽出来，带我在展馆里闲晃，不忘介绍他的 coser（角色扮演者）朋友，一路接受行人的注目礼。鸡犬升天的骄傲和兴奋从我脚底直冲脑门，让我头皮发麻。

　　结束后，他邀请我去他家吃饭。认识一年多以来，涛同学从未提过自己的父母，更何况邀请我去他家。回去的公车上，他将换下来的衣服塞给我，让我帮他装着，到家再给他。想来应该是让我帮忙分担负重。

　　他家离我家大概十五分钟的路程，靠近龙泉中心，最新建成的高级小区，门口有保安值班那种。家里也亮堂耀眼，不像我家，即使吊灯开到最大，也感觉暗沉。我被餐厅那面巨大的翡翠摆件墙镇住了，原来这就叫有钱人家的孩子。他的父母都很面善，见我也热情，只是回到家的涛同学，完全变成了另一个人，他竟然会向父母问好，像是日本动画片里那种见外的礼貌。他撒谎说刚在我家做完作业，流畅得如同漫展的事没有发生过。

他带我去他的房间。房间内收纳整齐，床上铺好的被褥不舍得显露一寸褶皱，没有明星或者动漫海报，墙上和书架上悉数被奖状和奖杯占据。涛同学趁他父母不注意，让我拉开书包，取出他的装扮衣服，藏进床底深处的箱子里。

那顿晚餐吃得憋闷，席间大家的话很少，记忆中都是夹菜时碗筷碰撞的声音。他的妈妈友好地问了我一些无关痛痒的问题，我刚答了半句，她就将话题转到自己儿子身上。几次下来，我也没有交谈的欲望，只想这顿晚餐快些结束。

他妈夹了一大块鱼肉给他，他爸自然地接过话："你看，你妈把最好吃的部分都给你了，她就只吃鱼尾巴全是刺的地方，你要加油啊！"

涛同学只是笑了笑。

我咬着筷子，没敢再动那条鱼。

我好像理解了他在家的过分懂事和在外的过分叛逆。很多中国家庭的亲子关系里，牺牲感特别重。父母造了一艘巨大的方舟，他们却站在对岸，眼泪如注，喊话让孩子好好生活，爸爸妈妈只能帮你到这里了。他们无视孩子伸出的手，无法对他们身体和精神的双重压力产生共情。他们本可以一起上船。

那些爱的箴言，从童年时代就回荡在我们脑中，成为成年后最可怕的精神诅咒。即使我们做得已经足够好了，可面对他们还是有愧疚，因为父母的爱掺杂着牺牲，这需要用一生来偿还。

就像那晚涛同学告诉我的一个秘密，他早知道父母其实感情不好，都是为了他，才没有选择离婚。

一家人都在以爱之名互相欺瞒。

涛同学说，他的愿望，就是好好读书，离开家，去很远的地方，去成为自己。他说，希望我们都能诚实地面对自己。

青春最大的善意，是公平地给每一个人的情窦沾染水分，次第花开。尽管扮演着父母眼中的三好生，涛同学初三那年，还是恋爱了。他写了封情书，我给他改了改。投递之前，龙泉发生骇人听闻的命案，长征北路的绿化带上，有个男生被技校的混子捅了，据说是情杀，女主角就是涛同学喜欢的女孩子。

自此以后，我们更不愿走那条长征北路，情缘网吧也再没敢去。涛同学的情书，成了未竟的告白。

涛同学升上高一，我准备中考，我们的联络渐少了。他们班搬到教学楼三楼的尾巴上，他的 QQ 也不常上，游戏也玩得少，我登录上去，他的头像都是灰色的。

有一回放学，他约我吃串串香。一段时间未见，他看起来疲惫不堪，几天未洗的头发油得一缕缕耷拉着，像是发亮的海草，白皙的皮肤全无血色，恍惚看上去，如同冷面的吸血鬼。我们全程没聊游戏，他也没再参加过漫展活动，我们有一搭没一搭的话题，也只与学习有关。他说高一与他想象中有些不一样，压力大。尖子生的压力我不懂，只得傻乎乎地给他从签子上刮下来几块小郡肝，让他好好吃饭。

郡肝落入油碟的时候，溅了些油渍在他手上。

一次普通的期中考试结束，我与涛同学彻底失联。去他们班上问，说他好几天没来上学。即使那时我爸会把手机偶尔借我玩玩，我也从未有过他的联系方式，线上线下都找不到他。最后走投无路，去他家找他。还是他妈妈开的门，只留了一道缝，也没有请我进去的意思，她只说涛同学病了，需要休息，让我最近不要再找他。

那扇深褐色的铁门关上的瞬间，涛同学就从我的世界消失了。我中考成绩不太理想，只上了普通班。拿到成绩那天，我不争气地躲在柜子里哭了好一会儿，父母见我这样狼狈，也全然没了脾气，只能安慰我，有他们在，不会让我没学上的，不行就去对面的技校。我哭得更厉害了。

我的发小很争气，去了实验班。暑假还主动联系我，邀我一起去新东方学英语，因为她青春旺盛的多巴胺，好像又寄托在一个新东方的老师身上，于是对英语着了魔。我真的陪她去了，那个暑假，我们每天背着书包，赶早上七点的公车进城，与拥挤的车流一同淹没在将散未散的雾气中。

尽管那时的我，并不知道未来要去向何方，只是一切发生得非常自然，好像过去两年的事都不曾发生过。

龙泉的夏天，路面氤氲着灼热的烟气，如果下场雨，就是天然的桑拿房。我永远记得那一天。我咬着棒冰，额头上趴着细密的汗珠子，手里捧着最新的《大众软件》杂志，老远看见涛同学向我走来。

他胖了好多，像是被充了气，比我吨位还大。他举着一把黑伞，似乎在遮太阳，但走两步又放下，之后再举起来。

那短短几十秒中，我排练了无数句"好久不见"的开场白，只是当我们走近时，我那句问候卡在喉头。他只是从我身边路过。

他不认得我了。

老师说，之前学校有个优秀的学长因为一次普通的月考，成绩掉到了第五名，第二天就病了，医生说是精神病。揪不出病因，命运就是这般胡闹。

涛同学的故事成了同学和家长不敢提及的雷区。那个越来越走形的身影，每天举着伞，来回在街上走，嘴里念念有词，如果被技校不安分的孩子调弄，便朝他们吐口水。他每一步踩下的无形的脚印，都是唏嘘。

无奈那时年纪小，再与他碰上面，知道他得了精神病，我竟然害怕他。

后来的成长路径中，听到过太多悲惨经历的论调，只要想到这段不幸，就会感叹真实的世界最大的公平，就是对每个人都不公平。有人过着你想不到的生活，也有人承受着你无法共情的苦楚。有人翻山越岭，只为见一眼善良。有人摆脱原生家庭的桎梏，只是想亲手结束不幸。有人选择谎言，是为了爱。有人拿一把刀子剐过自己结痂的伤口，只是为了证明，再没有什么可以伤害到自己。有人朝九晚五，站起来拼命跑，只是为了当喜欢的人在场时，自己可以毫不怯场。

在这个复杂世界里，谁不是有惊无险地长大？

涛同学的原型我应该在哪本书里写到过。此时更难过的是，叫他涛同学是因为我已经忘了他的名字，不记得他是姓郑还是姓张来着。不重要了，记忆早已将这段往事打磨成石头，我捧在手心，指节不住地颤抖。

水母没有心脏

冷知识有毒，浪漫好臭。但的确挺开心的。

因为写书，我是那种工作和生活自然分开的人。创作期闭关密集写作，宣传期频繁刷脸，所有围绕写作者身份的工作结束，剩下的全部时间可以交还到自己手上。只要不主动找事，就可以无人打扰。

我接受采访，他们总好奇作家的日常，期待我能答出什么花样来，我努力思考措辞后，给出的答案往往都挺让人失望。虽然写字，但我实在不文艺，向往拈花弄月，得闲饮茶，真实的我无法独自收拾家，打扫卫生会打扫到生气，我看不见凌乱，主要是因为懒。

有一个段子到现在还常被我同事提起。几年前我们去日本工作，住的日式房，我那炸开的行李箱放在入户玄关的地上，三天过去，我宁可每次进出都跨过那个箱子，也不会将它挪动半步。

我对精致生活蹩脚的模仿，只能维持三分钟热度，有前手没后手，吃喝都非常凑合。但我也不是另一种极端的年轻气盛，很少参加户外活动，不爱喝酒蹦迪。几乎二十来岁的时候，就避免了所有的热闹：外面的局，懒得敷衍；家里的局，又不想生活半径被打扰。

写到这儿，我突然觉得自己是不是太坦诚了。没办法，都是停止发育的中年人了，还装什么啊。

如果有一个二十四小时不关机的摄像机放在我家，无外乎就是各式地宅，即使生活在大北京，也像住进了一处冷暖自知的深山。当然也还是需要朋友来消遣的，北漂十年，相熟的老友来来回回就那么几个，一两周约上一回，不常见，见上话就说不完。

有意思的是，这种陪伴型的老友知根知底，聊天的话题会随着时间形成循环。十年前刚来北京，聊吃喝拉撒，什么衣服好看，明星的八卦，通篇是幼稚的证明。后来聊生育成本，聊爱情，聊保险，聊宇宙，假装老成。等到真的老成的时候，话题又转回哪家餐厅好吃，消费降级后上哪家店淘衣服，哪个明星又传出了边角八卦。这种周而复始，只有在最亲近的朋友身上才能看见。还是那几张熟面孔，褶子嬉闹着闯上眼角，所有人都长大了。

时间在我们身上留下最深的默契，就是从戴上面具的防备，到现在彼此看透，烂熟了你全部的毛病，还仍然愿意爱你。

这个年纪，反而是那种很好的朋友间，不太说真话，因为真话是真的不动听。向心湖丢下一枚石子，会泛起多少圈的涟漪，其实我们都知道。这个世界需要一些善意的谎话，来维护彼此的体面，大家都不容易，就不要互相拆穿。

看到对方的好，经常表达出来，就足够了。

我是个不喜欢交新朋友的人，这是病，得治，但懒得治。想起来，这几年在各种场合，说出类似"我们回北京约啊"这样的话不计其数，但基本没几次真正成行。大家心里有共同的默契，知道只是说辞。现在流行说什么"商业互吹"，那这个就是"商业互约"，约定仅限于聚会时多巴胺分泌的场域，聚会四散后就结束了。

交新朋友好辛苦，要重新介绍自己的过去，想说的不想说的，都要在精心挑选后掏心掏肺，既要判断对方是否与自己同频，还要同步设下防线，不能太亲近。毕竟人在陌生环境遇到尴尬，就习惯用自己的糗事和秘密解决。不知道下次听到自己的八卦，会不会来自别人之口。

我玩社交网络有点洁癖，更新不勤快，除了工作相关，偶尔分享生活，报喜不报忧，很少絮叨，"哈哈哈"和骂人的话都藏在心里。对社会事件不是不关注，只是不喜欢发表见解，讨厌做公知，也不擅长，航行至此，忙于天真。

二〇二〇年初，在朋友圈对一条新闻发表了态度。大过年的，收到一个不熟的人发来的信息，她上来第一句话说："原来你是个活人。"我好努力地翻看她的朋友圈，回忆她是何方高人。她兀自接着说："之前觉得你像个假人，也不好接触，做人还是得有点烟火气。"

当时的我还带着点敝帚自珍的包袱，在意别人对我的看法，害怕尴尬，于是顺着对方的话自嘲了几句，希望让这段对话愉快收场。

现在再复盘这段插曲，特别想魂穿当时的自己，抢过手机，回复对方一个字，滚。

人在某一段时期总想要变成"人民币"式的角色，营造一种谁都喜欢你的假象。人人都能碰的东西，那是菜市场的大白菜，所有写着"请勿触摸"的东西，最后都能进美术馆。

我们真的不需要那么多朋友，有些人光是遇见就已经很折寿了。

关于距离感这件事，到了今年我甚至对亲近的朋友都如是。太频繁向朋友展示自己的软弱与负能量，是可以拉近彼此关系，但走近的结果就是给对方释放权限，看清你，指导你，安慰你。终于有一天，你被人从高高的树上采摘下来，咬一口，其实没他们想象中那么甜。人在社会的洋流中总是会寻求浮木，想要向上社交，最终的结果，他们就会与你渐渐亲切地疏离。

这些年我因为工作的关系，接触过不少名利场，不过都是利益的游戏。人的运势在流动，好的时候，很多人围上来，但必须要一直好，死守山顶，否则只要下了山，过去那些客气相迎就都没了。仿佛你曾扼住他们的喉咙，成为他们审判之下的西西弗斯，永远也不能再将巨石推上山顶。

我曾经一度不懂事，羡慕过那种手握人际关系链条的人。他们自信又活跃，身边朋友不断，在任何场合都能如鱼得水。后来看得多了，内心连波澜都没了。有人是习惯热闹，善于交际，在眼波流转和觥筹交错间，能将所处的环境变成自己的主场。这是一种超能力，不羡不妒，学不来。

我这种人，可以与世界交手，就是不太会和陌生人交谈。还是走到哪一步过哪一步的生活，不求有人关注，只求不要有人拆了桥。

我确实不喜欢有些圈子里拜高踩低的虚假繁荣，因此常提醒自己，不要在人际交往中变得油腻。有个同行，曾托人问过我，是不是讨厌他，因为他感觉与我说话我都爱搭不理的，感受不到热情。我也很直接，微信只是现代的联系工具，有时候添加了好友，不代表就真的是好朋友了。而讨厌和喜欢是有中间值的，那个值叫"无感"，绝对不到讨厌的程度，讨厌也是要走心走脑，费时费力的。我单纯是想花更多的时间，与自己喜欢的人在一起。

与人交往的初心，可以直截了当地不喜欢，毕竟有些人见第一面，就知道不会有以后。但不能以对方的境遇和身份地位为判断标准，也绝不变成好像与谁都可以走近的烂好人。

特别喜欢黄永玉在《沿着塞纳河到翡冷翠》里写的一句话：明确的爱，直接的厌恶，真诚的喜欢。站在太阳下的坦荡，大声无愧地称赞自己。

常有人说，真正的朋友，是世界上的另一个自己。可惜的是，如同人类的指纹一样，没有相同的两只斑马，没有相同的两片树叶。我们都想要找到与自己相似的那个人，最后却总会被与自己完全不同的人吸引。

对于朋友的定义，我心里暗暗下了一个标准，就是有趣。这个世界上能者很多，但有趣的人很少。生活已经够无聊了，大部分时间都是一个人过，那就更要让那些乐趣留在自己身边。

有趣的人，不强求灵魂有思想，不必有锋芒，他们身上的精力无穷，一生与爱同游。对未知的事物保持好奇，有一百种方式回击生活投来的巴掌。

我总会被这样的男生女生吸引。不在意彼此的社会地位，只在意我们什么时候能见面。他们的脑回路清奇，对我并不是一种向下包容，我也不需要仰望，只管享受他们的见闻。他们告诉我，水母没有心脏，所以蜇了人也是无心的，它每天漂浮着，活着的时候温柔简单，死后变成水消融于大海，或许我们也该学习它，不用复杂，少一些烦恼，用无心的姿态生活，离开时潇洒散场；狐狸吃喝拉撒都是自己一个人，它才是最孤独的，但热闹遍地寻常，独身或许是自愈的偏方；无视外界的声音这种本事要学习青蛙，因为它可以关闭自己的耳朵；蜉蝣的生命不超过一天，它的愿望只是想看一眼月亮，那我们还有什么欲求不满的呢；打火机比火柴更早出现，罐头被发明之后，等了四十八年才等来开罐器的出现，所以谁也别瞧不上谁，谁都重要。

那个爱在我面前放屁的朋友，我实在受不了了，说："哥们儿，你能不能别放了。"他说："你就当每次的噗噗声，是专门为你放了一团烟火。"

冷知识有毒，浪漫好臭。但的确挺开心的。

保持正向的方法，多和让你愉悦的人事物在一起。

如果我们每个人出现时，神明都会点燃一根蜡烛，那每一天的生息，皆是消耗。为理想尽力是消耗，对抗糟糕的世界是消耗，控制不了的情绪是消耗，行至终点是消耗，一个人度过四季、与自我和解是消耗，披甲上阵却与无聊的人交手更是消耗。

我们是不是比从前完整，要看在你身边那些重要的朋友，是否正蜷着手，保护着你小心翼翼地燃烧，生怕外面的斜风冷雨，吹灭你用坚强包裹着的柔软的善良。他们的脸被烛光衬得通红，抬起头，笑着对你说：别怕，有我在呢。

职场那些年

毕竟每个人都有自己的四季，只是时间不同。

在我公众号后台的提问中，有很大一部分问询关于职场。想来惭愧，我离开朝九晚五工作的生活已经有很多年了，但不遗憾。那几年在职场，我属于蜡烛型选手，不过是香氛蜡烛，燃烧自己，香了他人，煮了沉浮，悉数尽欢。

成为全职作家前，我做过三份工作。第一份在一家小型的软件公司实习，与我的专业和爱好完全不对口。那会儿刚到北京没多久，父爱如山的我爸，托朋友介绍了这份工作。我没同他太过纠缠，带着盲目自信去面了试。毕竟当时刚写完的青春小说要出版了，一切都以崭新的姿态等候与我照面。

面试我的是位男士，见我第一句话不问别的，他说看了我最新发的微博，一条对镜自拍，配文是：面试去了，不紧张。他问："你今天这身打扮，应该不是你平时的风格吧，今后上班怎么舒服怎么来。"我瞬间石化，灵魂出窍反观自己，脸红得像是除夕门上贴的对联，身穿蓝色波点短袖衬衫和卡其色工装裤，衬衫扎进裤子里，露出比我手掌还宽的黑色老人皮带，最后脚踩一双不搭的屎黄色皮鞋。装大人装得非常失败。

初次面试时，我想过一万个对方可能提出的问题，殊不知最剑走偏锋的招式，是仅用惺惺相惜的关注，就让那几斤几两重的年少轻狂溃不成军。在自我刚刚觉醒的时候，我们最渴求的就是被理解。

我哼唧应声，当即就想给面试官做牛做马。结束才知道面试我的，就是公司副总。

公司的办公室不大，加上我前前后后五个人。那次面试完，我回去给我爸形容刚才的经历，我爸第一反应是："正……正规吧？"

我忘了这个正规的公司具体研发的是什么软件，记忆中那两个多月的实习，就是给黄页上的名单打推销电话。被太多人拒绝之后，我动了个歪脑筋，手机录好开场白，电话一接通，按下播放键，"你好，我是……"。如果对方有意向，我就接着说，如果挂了电话，倒也省了嗓子。

直到现在，我仍然会坚持听完推销电话的开场白，然后客气地说句"不需要"，才挂掉电话。身边人对此不理解，只有我自己清楚，信号对面的，可能是量子纠缠下，无数个有同样经历的我。释放善意的能力，都来自合并同类项之后的共情。

实习尾声，我回了趟老家成都，参加毕业答辩。没多久收到消息，告知我软件公司倒闭了，也是在同一天，我的青春疼痛小说上市半个月，出版人发来"贺电"，说新人作品太难，根本卖不动。

睡过那种很深的午觉吗？原本只是想小憩片刻，醒来后，暮色四合，被深深的孤独感蔓延包裹，有种被全世界抛弃的感觉。就像那短暂的作家梦，梦醒之后，要面对巨大的失落，失落于世界背对我，不再给我回北京的理由。

在家里待了一段时间，我又收到那个软件公司副总的信息，他去了一家国企，推荐我去做运营。

我又回到北京城西，蜗居在东交民巷的老房里，每天地铁转公交再步行五百米到公司，运营国企的官方微博（简称"官微"）。那会儿刚有媒体蓝 V，我的日常工作就是将官方新闻归纳成一百四十个字，与工作内容同样枯燥的，是办公室全员静默，银针落地，清晰可辨。

在这样的氛围里迎来二〇一二年的奥运会。刘翔因为退赛，遭到很多网友口诛笔伐，我止不住同情用官号写了篇原创微博，结果上了当日的热门微博榜一。事后被部门的女领导请喝茶，责问我为什么发布前不上交审核，末了，她说："你的才华写微博有点浪费了。"

那日之后，官微的内容完全交由我原创。拥有一些自由的表达权，这份工作不至于太机械，不过最后我还是递交了辞呈。

大体来说，是不安分的灵魂无法适应循规蹈矩。喜欢一份工作的原因，有时很简单，办公桌正巧对着窗外的落日；公司到出租屋的距离，步行可以抵达；同事端来一杯奶茶，眼神交会时的点头示好。对一份工作无感的原因，更简单，它触底了我的想象，像是清楚一首歌旋律的走向；看开头就猜到谁是凶手的悬疑电影；打开盲盒的封条，就知道又抽中了重复的款式。

成为北漂，是不想睡在熟悉的温柔乡，复制粘贴父母的职场轨迹，安于办公桌狭窄的一方天地，二十岁就能看到三四十岁的模样。即使变成厉害的大人，那写好的人生，翻一页也全无惊喜，结尾独自庆祝失意与遗憾，从未叹息，叹息却堆在心里。

女领导试图留我，带我去了三里屯附近的高档素菜餐厅。服务员端上来一盆树，枝繁叶茂，几片蘑菇躺在盆中的碎冰上。整晚我几乎没怎么看到女领导的脸，也没吃饱，我捂着咕噜噜抗议的肚子，见桌上一个立牌，手写着一句话：一定要拥有很多可爱的人生。

我不知道辞职后会发生什么，但我了然，这绝对不该是我人生的开场。

她是个很好的领导，最后还是放我走了。我给她发了条信息：您说了，我的才华写微博浪费了，偷偷告诉您，我是个作家，即便现在不是，以后也会是。

离职那天，我绕着公司大楼给我爸妈打电话，走了有几圈，我妈就哭了有多久。主动丢了国企的饭碗，他们当然不理解。离开家之后，与父母就以无穷大符号的轨迹分开旅行，本意出于爱，可是也因为爱，彼此偏离，互相等待着一句"对不起"和"我爱你"。偶有交会，但经不住相处，又继续陷入分开的循环，如此往复，仍距遥远。

这是子女和父母之间，一门永远无法及格的功课。

为了留在北京，我给很多杂志投过稿，一篇稿费三五百块钱，一个月如果上稿三篇，能勉强够付房租。当然不是每个月都有那么好的运气，有时疯狂写的东西，最后都成了邮箱中尸横遍野的退稿函。

稿费无法供给生活，必须要找工作。去时尚集团的大厦投过简历，还面试了一家非常有名的公关公司，都无果。我一度丧气地认为，不被选择，才是自己真正的实力。

后来是认识多年的网友，约我一起创业，做电视剧整合宣传。他看中我写文案的能力，让我做新媒体运营。我成了很早一批入局新媒体的人，成日与微博、天涯论坛和草根大号打交道。

创业初期，我们五六个人，加上一只叫"美丽"的流浪狗，挤在四惠地铁站边简陋的loft（阁楼）里，煮沸那些热门话题。正是因为需要新鲜事的触觉，同事们频率相同，喜欢发掘有趣的人事物，共事时像是个脱口秀节目，脑力和嘴力激荡。经过这样的每日热闹，到家后一定有种刚蹦迪回来，累并快乐的错觉。

当时运营的一部剧，因为演员们都是新人，根本不被看好。我们用尽能想到的一切玩法，与制片人开会讨论宣传点，制片人言之凿凿说："我们的片子质量过硬，即使是字幕，都不可能出错。"我顺嘴问："那如果字幕的错别字被观众拍到怎么办？"制片人说："那我就送一台 iPhone（苹果手机）。"那个时候，新款 iPhone 是社交货币，这话赶话顺嘴的玩笑，我们真的玩了。虽然最后送了好几台 iPhone 出去，但那部剧破了上映期间的收视纪录，拍屏互动成了接下来很多电视剧运营的保留项目。

短短三年，公司从 loft 搬到写字楼，一路高光，而我职场的高光时刻，是为某部电影写了一篇关于狗狗的软文，交给主演发布，成了爆款。接下来的连锁反应，是爆款叠加爆款，彻底拉近了"自己"与"工作"之间的距离。

其实社会的众多面向中，人与人、人与物的亲密关系，都可能存在消耗，但好的工作确实可以让你感受到自己的能量，是一个互相增值的关系。它可以让你更明确自己所处的位置，那种"被需要"和"被认可"也是别的亲密关系无法代替的，是认识自己的开始。

这份工作让我在北京落了脚，升职之后，反过来成了面试官。换了视角，面对邮箱里的众多简历，才懂阅卷老师的感受。

一百份雷同的简历里，其实可以很快判断谁是不一样，且让我感兴趣的人。我会像当年面试我的副总那样，提前去搜他们的社交平台。所以作为职场准新人的第一件事，就是要制作吸睛的简历，如果学历是敲门砖，简历就是开门的钥匙。它是你浓缩的个人简史，而这个自我介绍里，不是填写一份同学录，也不是疯狂展示从前的奖状，而是展示你的个性，你能为这个职位带来什么。帮面试官直接跳到这个步骤的应聘者，懂事又聪明。

面试时遇见过一个女生，她精准狙击，简历没有一句废话，附件是她写过的软文、做过的营销图片，她非常清楚自己要做的是什么工作。另一个女孩子，简历做成 PPT（演示文稿），自嘲没有任何相关经验，通篇都是在公益组织工作的日常。她面试的时候，说话不按逻辑，回应每个问题的角度清奇。我喜欢怪人，执意要她。

如果朋友像是乘上一辆各站停靠的列车，成为同事的缘分，便是到站后路遇的旅人。你们深知只会相伴一阵，但听风看海的目的相同，一定会祝福，希望彼此能去看更广阔的山高水长。前面的女孩子，现在有了自己的宣传公司，后面这个，听说去了奥美。

有种情深义重，是我们或许不会再并肩成为伙伴，甚至消失于彼此的日常生活，但某天又从别人口中听闻他们的近况，从前的车马慢，现在各自抵达远方，也不失为一种共同前行的浪漫。

我的远方到来，出版的新书有幸畅销，那段时间我同时还在上班。一个很有趣的经历是，去上海出差，机场有读者接机，他们问：

"来上海做什么？"我笑说："去给客户爸爸讲方案。"

竞标的时候，甲方又成了我的面试官。我唯一的加分项，是做多了书的宣传活动，宣讲 PPT 得心应手。唯一的减分项，是客户觉得我自己的名气大于方案本身，不会真正重视，于是客户容易表面客气，背后再选别家。

那几年职场的经验之一，不要提前庆祝，没有签字的合同就是厕纸，吃进嘴里的鸭子，抠也会让你抠出来。之二，客户或者领导，往往很难说清楚自己要什么，但他们知道自己不要什么。所以大到做项目方案，小到请客喝奶茶，都应该让他们做"选择题"，而不是"思考题"。你提供的选项越多，越能给对方安全感，可以提高沟通效率。

时间向后推几年，精力难以平衡，小孩子可以都要，成年人必须做选择。我虽然离开了这家打拼多年的宣传公司，但仍然赖在公司的微信群里不愿意走，还在他们每年的年会上，将自己喝得烂醉，以此纪念我最后一份工作。

其实我很羡慕那些问出各种职场问题的人，因为他们正在经历各种可爱的人生。不工作的这几年，虽然自我尤盛，但时间仿佛丢失了刻度，失去了期待的周五和犯困的周一，今天是否放假，变得不再重要。

罢了，人要知足，书上说，当你拥有而不自知，还一度索取时，只好给你忧愁。毕竟每个人都有自己的四季，只是时间不同。

这些年上过的杂志，很多出自时尚集团。某次发来品牌合作邀请的，是当年面试过的公关公司。人生就是很玄妙，他们不会记得在人事部的邮箱里，曾经躺着一份蹩脚的简历。

写到这儿，想起了那位软件公司的副总和国企的女领导，翻遍通讯录，怎么也找不到他们。我保证没有拉黑任何人。可能有些人就像是《楚门的世界》里匆匆经过的 NPC（游戏中的一种角色类型，指非玩家角色），因为没有好好告别，所以一辈子都不会再见。

月亮出来，他们下班了，我触摸到了天际线上的黑色大门，世界可能是假的，但从不缺少真心对待我们的人。

如果再也不能见到你，祝你每一个醒来的早，忙碌的午，孤单的晚，都安。

好运来

人与人走近之后，是相互的岛屿。

微信群"张好运工作室"发来消息。

这个群名是我起的，里面都是我亲爱的同事们。加上我四个人，算不上团队，更像一个兴趣小组。

作为一个不超级的马里奥，我的工作伙伴是我从盲盒砖头堆中撞出来的。空手上路，在最需要的时候遇见他们，一路共闯，最终跳上小红旗。我们不贪图宝藏，只想多一点好运气，重在参与，万事胜意。

我的经纪人是我的早期编辑。我们很早相识，那是刚到北京的第一年，她住在我隔壁单元，正巧我的室友与她的室友是老友，常拉上我们，下班混迹在一起。这一来二去，同龄人志趣相投，我们很快成为朋友。她年纪稍长，我一口一个"姐"叫得欢。这位姐有两副面孔，化妆后的眼线飞挑，唇妆犀利，一头齐刘海公主切的发型，喜好军绿运动风的穿着，一副不太好惹的样子。我常说她很像《这个杀手不太冷》的小女孩——吃得太好的版本。她其实不算胖，顶多有点圆滚滚。我见过她的素颜，脸颊挂着肉，没有修饰的眼睛无辜又迷离，笑起来一脸佛像，亲切不已。

能与她走近的人，都爱她；若是初见，习惯对她礼让三分。她非常有做经纪人的潜质。

当时她在音乐网站做编导，理想不大，如果有一天编不下去，做个领导就行。结果领导梦在一个夏天到来之前戛然而止。老家传来噩耗，她爸在路上出了严重的车祸，她不得已离开北京，回去照顾父亲，一走就是八年。

八年时间隔着山海，人事翻涌。她曾经任职的音乐网站倒闭了，父亲捡回一条命，但落下腿脚不便的病根。为了回家方便，她选择在就近的上海找工作，去了一家做文化 App（应用软件）的公司做编辑。也是在那个 App 上，我发表的故事收获了众多读者的点赞。我们一起做的第一本书，无预兆地成了当年的畅销书，几乎在一夜间筑起高楼，我愣于平地望而生畏，经纪人撑着我，她说："一起上去试试看。"

这八年对我们关系最大的改变，是将她从我的隔壁邻居、我的姐，变成了我的工作伙伴。

她的工作习惯会将每件事幻想成一座高山，轻松翻过了，是幸事，但如果看作一块平地，最后掉进深渊，那爬出来耗费的心力，不是一两声"加油"可以弥补的。

其实有的人性格如此，将焦虑前置，内心更安全。相反，我比较随遇而安，像风筝，她在地上拽着我，害怕晚来风急，我处在宁静的半空中，发现远处的风暴不过是一场美景，拽拽丝线，告诉她可以再松弛一点。

生活中，她的分享欲旺盛，是个天文地理什么都知道一点的百晓生，或许也是这些包袱加身，紧张是写进骨子里的。她不擅长温柔，好与人争辩，说话容易说到满。她会在我新书出版当天，所有人忙碌着以及期待着的时候，打电话给我，诉说她的焦虑，说到情绪激动，直接撂下"我不看好这本书"这样的话。一盆冷水下头，伤及无辜，换作其他人也许当场就翻脸了，但我了解她，知道她本意不是如此。

她有时像仙人掌，不经意会让拥抱她的人，浑身留下刺；有时又像蛋壳，去掉这一层坚硬，其实身体里住着悲观，如同一块吸满水的海绵，稍稍按压便会落泪。

她在我面前掉过很多次泪，为她喜欢的偶像，为没谈成的工作，为朋友，为前男友……其中有一次印象颇深。工作结束后的KTV酒局，年纪最长的客户絮叨，不断赞扬我的经纪人各方面的优秀。她被夸得兴致高昂，用一瓶红酒将自己灌倒，躲进厕所里吐。我敲了很久的门，她终于出来，脸上全是眼泪，瘪着嘴委屈巴巴地看着我，像个走丢的孩子，止不住地抽泣。

鲜有人看到这样破碎的她。只要用心，忽略她保护自己的盔甲，删掉她骄傲的自信，其实便能窥见那份小心翼翼的柔软，就像那晚她借着醉意，向我袒露心情。从小到大，她爸都没有夸过她，哪怕一次。不论是上学努力考的一百分，因为各种特长拿回的奖状，还是上班之后往家里汇去的钱，她爸都像是一块铜墙铁壁，横亘在她的自尊心上。作为老教师，她爸的话是绝对正确的，习惯打击式教育，她的无数次讨好只能换来无数次的无动于衷。

有一年，她只身一人去了印度。到了新德里第一天，就被黑心司机拉去郊外，逼仄的夜路越发偏航，机敏如她，跳车逃跑，还不忘抬走了随身的行李箱。一个女生在夜里拖着行李逃命，她甚至以为要死在那里了。印度很神奇，一条街可以将贫富差距放到最大，原本破败的小道，再一拐竟是一处金碧辉煌的五星级酒店。她没多考虑，花再多钱也要躲进庇护所。

之所以去印度，是因为听闻当地有一座非常灵验的庙宇，她只是想虔诚地许一个愿望，希望能有人真正懂得她的好，她值得被好好爱一下。

如此决绝的父亲，她应该也对之狠心的，却在父亲出车祸的时候，没有一丝犹豫地放弃了自己的理想生活，为他跑了一家家医院，央求他人，没日没夜地守在病床前，照料起居。

我们这些孩子，多少人一生背负着原生家庭的伤害，在父母自以为是搭建的乌托邦里，表演孝顺。更可怜的，父母在还是孩子的时候，或许也经受过来自他们原生家庭同样的苦楚，然而他们并没有选择抛弃这样不恰当的方式养育子女，而是完美继承，用别人家的孩子来比较，用牺牲来打压，用"为你好"来绑架，他们心口不一，不会表达爱意，只会将在外面受到的冷落，变成在家中昂首的蛮横，口中所谓的生生不息，其实无意中制造了一个血液相同的樊笼。

其实有很多次，我都告诉经纪人不用硬邦邦地看这个世界，因为世界会以同样粗鲁的方式对待你。她嘴硬，将话题扯去更远的地方。没关系，我知道她听懂了，我愿意一直当她手中的风筝。

二〇二二年春节，她回了老家，她爸妈住进了刚建好的宅基地，二楼留了一间房给她。收拾屋子时，她从床底翻出一个老式的收纳盒，在打开盖子之前，她脑中窜出一个画面，盒子里，是父亲帮她保留下来的小时候所有的奖状，画的水彩画，写满试题的本子。那些情深义重的电影情节都是这样演的。

盒子打开，里面只是一些爸妈的杂物。她扣上盒盖，吸了吸鼻子，还好，还好没有发生。

这几年，她爸仍没有表扬过她，到了年纪，催婚催育的话题一句也少不了，一切都没变化。或许她一辈子都不会与之和解，但她早不在乎了。

很多问题，没有答案，或许就是最好的答案。

二○一七年年中，各类工作增多，我与经纪人难以负荷，朋友介绍了个男孩子来实习。那是我们的小团队第一次招新，面试地点在我家楼下的咖啡店。男孩到得早，见我进来，匆忙起身握手，离开时也握手，一副少年老成的模样。我问他："你是因为紧张吗？"他摇摇头，说："我就想摸摸作家，还没摸过活的。"

这孩子踏实。

他大学学的播音，有一副浑厚好嗓子，可惜没有用武之地。我的工作内容没有定式，赶上最忙碌的那一年，他同时成了我的摄影师、剪辑师、文案小编、饭搭子、司机，以及酒过三巡扛我回家的人。有段时间我泡在酒缸子里，很爱酒精上头的迷醉，即使不与外人喝，自己在家也小酌，尤其碰上写东西的时候，灵感微醺，抱酒成眠。孤独地自斟自饮，容易显得老成，说话经常拿着长辈的腔调。他只比我小三岁，我也埋汰他："不会喝酒的男人，说明你还小啊。"他好真诚地点头，然后告诉我："哥，我要结婚了。"

我再也不想喝酒了。

他女友也是同行，一眼看准他的单纯和憨直，制造偶遇，故意找他帮了个小忙，硬是要请他吃饭。姜太公钓鱼，愿者上钩。一次晚餐之后，多看了一次电影，又多了好多次聊天，好几次拥抱和亲吻，三个月后他们闪婚，第二年春天就有了宝宝。

不过是一个春节未见，再见到他时，身体像吹到极限的气球，一双小眼睛在鼓囊的肉脸上呈现着绝处逢生的架势，胖得特别不客气。他说他老婆怀孕的时候激素紊乱，什么都想吃，什么都只吃一口，他疼老婆，保证满足愿望，但见不得浪费食物，剩下的都让他解决掉了。

他给我看他女儿的照片，每滑到一张我还没来得及看，他就将细节放大再放大，对他的"造物"啧啧称赞，还问我："我女儿可爱吧。"我点点头，可爱啊，这嘴是嘴，眼睛是眼睛的。

我拍着他的肚子，羡慕这傻孩子的福气，他一定会是个好爸爸。

他很少与我说私事，我能理解是他尚有分寸感。有时候，不想工作混入个人情感，同一个时间同一个地点就想保留一种关系，因为情感参与斡旋，可能最后谁都捞不到好处，两败俱伤。但是人与人处久之后，情感就是会占据上风。一段时间内，他的状态很差，神色黯淡，沉默寡言，反应慢半拍，一朵明显的乌云罩着脑门，微信上聊天也支支吾吾的。我打电话过去，知道是他家中出了事，电话那头，他的声音都哽咽了。

我没帮上什么大忙，好在后来事情解决了，我知道他是想感谢我，送了我一大箱他们山东的海鲜。拆开包装，是活的大闸蟹。他太高估我的下厨水平了，别说亲自做，我连煮熟的螃蟹都无从下口。到了晚上，好几只大闸蟹脱了绳，爬满了屋，我家沙发柜子多，它们专挑缝里钻，找得我甚是狼狈，累饱了。无奈，只好叫他来帮忙抓螃蟹。

　　最后螃蟹是他煮的，他拌好海鲜汁，娴熟地给我掰了腿，去了壳，告诉我哪里不能吃，哪里怎么吃，除此之外，一顿晚餐我俩没说几句话。我问他："家里的事情都还好吗？"他叹口气，说："已经是最好的结果了，没事。"说着咬了口蟹腿，只听一声闷响，我知道他肯定硌到了牙，但还故作坚强，若无其事地吧唧吧唧嘴。他这人就是如此，我与经纪人常说他身上背着无用的自尊，不肯示弱，不愿在已经很难过的时候，承认自己不行。

　　也是后来才知道，家中的事给他的小家庭带去了不小的余震，老婆换了工作，他们将女儿送回了老家。我没多过问，我几斤几两重，自己很清楚，很多事插不上手。人人都有难处，每个人都有自己要撞的南墙，要攀越的万重山，所见皆是命运让你见的，所有的经历都是你应该经历的。

　　真正的成长不是虚张声势，往往是悄无声息的。这些年，我们常待在一起，人在眼前，我看不见他的变化，直到这两年办展览，看着他独当一面与合作方沟通工作，倍感欣慰。他的摄影技术是在一场场签售活动中练出来的，剪辑是硬学的，沟通能力是摔倒爬起忍出来的，他死要面子，假装不疼，竟也磨出了效果。

　　他是打工人，两个家庭的儿子，同时也是丈夫和父亲，不同身份带来的经历，一定是我无法想象的。从某部分来说，他比我成熟。虽然还是会时不时冒出一些符合他人设做出的憨傻之事，但无大碍，毕竟更珍贵的，是在这个善变的世界里，他还是那个与我第一次见面只懂握手的男孩。

我们常说他是老好人，与谁说话都温言软语的，很少见他发脾气。有一回我们在路上走，路过的司机突然倒车，我根本躲闪不及，他眼明手快一把将我推开，大声呵斥那个司机。从未见过他生气，那一声呵斥像是城楼上敲击的一口钟，要不是那高亢嘹亮的嗓子，我都忘了他是学播音出身的。他向来手脚勤快，知道我平时动脑子的时候多，身体上不会让我受一点累。他的眼睛因为弱视动过手术，视力不好，但只要一起工作，就不会让我离开他的视线。最新的视频素材，他又用了一整晚的时间剪辑，像这样熬夜的节奏，这些年有过很多次。他宁可辜负每晚的月亮，也不想辜负我。

人与人走近之后，是相互的岛屿。

其实有时候，酒精能将不敢说出口的话，润色得没那么矫情。包间里的唱歌声嘈杂，我这边与客户碰着杯，余光见他守在我身边，不过喝了一杯酒，脸已经通红。我指了指他，靠近客户耳边放声说："你知道吗？我当他是亲弟弟。"

这话是说给他听的，也不是醉话，写东西的人，很会装疯卖傻。

我没有删聊天记录的习惯，很多往事都留着。有一次微信提示手机内存不足，自动跳出一个清除聊天记录的选项。那个内存列表里，"好运来工作室"拔得头筹，占了二十多个 G，其次是经纪人，然后是那个男孩，足以证明他们真的霸占了我的大部分日常。

我当时就在想，未来还会有新人吗？

二〇二一年秋天，我们等来了新鲜血液。这个新来的女孩子其实不是最优选，当时面试相中的两个人，再通知入职时，一个突然决定出国读书，另一个摔断了腿，极具戏剧性。再问到她，她一口答应。她个子小，但能量颇高，独自环岛骑行，学塔罗牌，去京郊的寺庙做义工，因为不知道自己会变成什么样子的大人，所以想多看看，于是去 LiveHouse（小型演出现场）看那些眼泪飞奔的同龄人、去酒吧认识今朝有酒今朝醉的人、去桌游吧认识很有条理的人。想穿着别人的鞋子走来走去，浅薄地感受别人的感受。

她毕业时糊里糊涂签了三方协议，被一家上海的科技公司录用了，接到 offer（录用通知）后，忽然找到人生目标，想做传媒类的工作。大学四年里，她在南京大排档端过盘子，做过新东方改试卷的英语助教，发过健身房的小广告，那几年兼职赚的钱最后都赔了违约金，两手空空到了北京。她挤在青年旅社里四处找工作，同住的女孩子都正青春，也只能在这样的条件下勉强安慰自己，这是大城市的试炼。

她曾经看过天黑的样子，所以最近将自己租的公寓一隅改造成沙发客，为有需要的女生们在北京留一盏灯。

她是个很酷的宝藏女孩。

一定程度上，我非常喜欢现在的年轻人。尽管他们自我又拧巴，除了他们自己，很难看得上任何人，但正是这种极致的浪漫主义，使他们更容易专注于自己喜欢的事，进入忘我境界，尽情释放能量。哪怕是在社交场合暴露原始的竞争，也丝毫不在乎约定俗成，真实地活在当下。

这个女孩子的故事还有更有趣的。后来她告诉我们，她仅剩的积蓄留给她在北京的时间有限，当时面试四处碰壁后，本来决定回老家南京的。她站在检票口，身份证都已经拿在手上了，马上轮到她过闸机。在这个时候，电话响了。

是我经纪人打给她的。

有时候命运仿佛开了个玩笑，就像在路边打车，路过的车都载了乘客，到了道路另一边，那边又来了空车。几多戏弄，冥冥中的缘分，早一步太早，晚一步太迟，我们不知道人生最终能上哪辆车，但你知道空车一定在来的路上。允许一切的发生，每个人都能赶上，恰好。

人与人之间的流动没有定式，尽管我是个特别容易动感情的家伙，也很难保证工作室这几个小伙伴会永远同行，毕竟只是一份工作。就像这些年，许多人会没有理由地走向陌生，从吃饭喝酒的关系，到朋友圈点赞的关系，到最后成为一个没有聊天记录的头像。

但我相信，在为热爱闯关的路上，那些交织过的人不轻易许下的承诺，反而是一种默契，因为共同的经历早已化作浓稠的安全感，在生命的树干上刻下凹痕。

美好的人一旦相逢，好运一定会欣然而至。这句话，我说的。

是烟火是永恒

present，是「现在」，同时也译作「礼物」。

"你是烟火，还是永恒？"

忘记在哪里看到的简短问话，萦绕在心头许久。烟火太美，可转瞬即逝，永恒很长，又害怕质量堪虞，陷入老牛拉破车的惶恐。

二〇一九年写完长篇小说，耗费了不少精力。长篇创作就像是与角色谈了一场漫长的恋爱，精神、身体，甚至所有的情绪都与他们高度联结在一起，"入戏"太深。落笔交稿多日，晚上入眠，还是能梦到书中的人物。

更何况那本书里，动用了我太多的真实经历，每一处情节都要走一遍心肝脾肺肾，无疑是对死去记忆的一种变相凌迟。以至做完那本书的宣传之后，我淘汰了陪伴我好几年的电脑，暂且不想再打开 Word，一个字都不想写。

我是那种向往慢生活，却又无法适应赋闲的人。成为全职作家的这几年，时间是被分割好的七巧板，哪一块给工作，哪一块给旅行，哪一块给家人朋友，留给迷茫的时间所剩无几。忙碌是最好的抗焦虑特效药。就连最容易寂寞的深夜，也抵不过奔波一天的困意，只要能合眼，定能去往新的一天。

同年年末，停笔几个月后，我开始画油画。小学学过几年基础，还好碰到画布不陌生，虽然是第一次接触古老的油画材料，但现代艺术的呈现形式有极强的包容性，凭感觉完成的几幅作业，也能到自赏的程度。带着一点"天赋选择我，我热爱选择"的自珍自喜，我迎来我的三十岁。

还记得那一年跨年，我在天津做了场演讲，以年纪为眼，聊了很多对而立之年的展望。偏偏命运给人类开了个玩笑，新冠疫情一来，没人再关心第一批三十而立的九〇后。关于三十岁的所有的记忆，都被疫情归纳成了一种荒诞诡谲的叙事。

三十岁那年的一半时间，我几乎都待在家里，以日出和日落为界，全给了油画。脑中的灵感不断，经常是一幅画到一半，放旁边晾干，当即开启一幅新的。家中原本用来摆放我的乐高、手办和奖杯的秘密基地，堆满了画作，俨然成了仓库。其实当下某部分的自己知道，所谓旺盛的创作欲，不过是逃避现实的借口。那会儿每天睁眼都是确诊数字，比起接近这场真实的疾病，我宁愿眷恋笔刷在画布间摩擦的温存。

堂食开放后，新认识的一个策展人朋友，看了我的画很是喜欢，因此促成了后来的线下展览。那些诞生在疫情之下的笔触，竟然悉数有了着落。

策展人与我讨论展览的主题，我想了想，定了"孤独"。

我的所有画中，都有一棵松树。它置身于山川湖海，广袤宇宙，没有旅伴，是一场孤独的旅行。正如疫情之下的我们，也是被迫孤独的。当生死入局时，其他价值序列会自动后退，保命要紧，其余无意义。戴上的口罩像是一种仪式，隔绝多余的情绪和社交，人心和街头的餐馆一起关张了。

这些年我身体里一直有个防御机制，当负面情绪出现时，一定会在奔向谷底前悬崖勒马，像是意识到一个人趋于窘境，要被全世界抛弃时，脑中总会及时出现另一个声音，告诉自己要接受，不要被负面情绪控制，要练习与自己相处，无限接近自爱。

于是在拧巴的情绪还未收拾干净时，又手忙脚乱地学习爱自己，首先……然后……其次……王尔德说，爱自己是终身浪漫的开始。但如何爱自己？

……更难过了。

或许爱别人是不需要学习的。就像你爱上一个人，心脏会怦怦跳，看到什么都会拐弯抹角地想到对方，不自觉就想把最好的东西通通给他，这是"爱"的本能。说实话，爱别人比爱自己容易多了。真正的爱自己，不是放任，不是懒，不是千方百计让自己舒服，反而要克制，要修行，要自我折磨。我们大多数人，都只做到了自私，还没做到自爱。

从未想过这场疫情一渡，就是三年。很多人心里堆满了情绪，只是装作若无其事。

有个多年未见的朋友，一个开朗大方的北方女孩。上次见她是在疫情前，现在剪了短发，厚重的毛线帽遮住视线，我不确定我们聊天的时候，她有没有看我，但我能清楚看见她失色的唇，瘦削的脸颊，话题间晦涩的表达。那次会面之后，才知道她得了重度抑郁，就在见面前一周，她第二次自杀，刚被抢救回来。

这天翻地覆的人物变化，我连小说都不敢这么写。

随后短短半年内，我得知身边好几个关系算近，或者朋友圈点赞之交的友人，都有抑郁症。就像是偶然关注到手机屏上的时间之后，总会在不同场合和介质上再看到这组数字，以为是玄学上的暗示，后来知道这是大脑擅长从偶然规律中寻找结论，而将经验、符号、图像和观点联系在一起，心理学专家称之为"共时性"。说到心理学，我那个在疫情最严重的时候，回到北京发展的经纪人，她说实在受不了了，去考了心理咨询师。比起在北京闯出一番事业，她更想让朋友们活得久一点。

其实真正的死都轻松，但有些人一辈子经历过的活着，才是最痛苦的死亡。

我在这三年间出过一本书，落笔第一个故事时，书名就定好了，叫《你是宇宙安排的邂逅》。我迷信成功经验，希望书名出现在读者手边，即使不细读内容，光看名字也能得到治愈。说来讽刺，这本书上市后，见证了状态最糟糕的我。

客观条件使然，书的线下宣传不了了之，短视频和直播成了实体书新的生存之道。为了宣传，我每天都在想视频脚本，刷大量的视频，像个技术宅，抓热点、研究精准投放和小黄车的转化率。当你的喜怒哀乐被数据牵动时，你就像被驯化的宠物，无法转移注意力，蜷缩在这个狭小的信息茧房里，接受着平台根据偏好设置而不停投放给你的电子榨菜，爽口，上下滑滑就好了。再碰上本就可怜的自控力，一天就这么过去了。

身在局中，人容易陷入孤立事件谬误，以为只是浪费人生那么一小段的时间，不会有什么影响，但正是这普通的分分秒秒，组成了日日年年。

短视频里的世界声色犬马，年轻的男女早已入局，尽显他们的才华，原来这个世界上多的是过得比你还好的人。当自己的能力够不上野心时，巨大的焦虑如浪潮袭来，而我还在依靠强大的自我欺骗，堆砌沙城。

　　殊不知当下的每个选择、行动都在改变未来，短短数月就已经形成蝴蝶效应，由心底感受到不快乐。看镜中的自己，我都觉得面目可憎，真实地变丑，用再多昂贵的护肤品也无济于事。

　　某个失眠的深夜，翻自己豆瓣的记录，已经很久没有追过一部完整的剧集，最近看书还是几个月前。明明这些年多出了大把的时间，却不及之前忙碌中获得的三两碎片。

　　梦中回到教室，站在上帝视角，看见小时候的自己。我趴在书堆后面偷看漫画，桌板上贴满了不干胶，抽屉里是从校外打包的重庆小面，一个小小的课桌好像装得下全部梦想。

　　小时候的世界很小，只有两根皮筋那么长，一本动漫杂志那几页，一节课那四十分钟，狂风骤雨都与我无关。成人的世界太大，万物都成了刻度，时间催着你赶路，你不知道要往哪儿去，所以在意天气，寄希望于明天不要有雨，那些逃避的侥幸，后来都会变成脚底的泥。

　　我庆幸当时做了一个很好的决定。少看让人眼花缭乱的 App，睡觉前也不会将手机带进卧室，像从前一样，将一天的时间划分成块，如果没有工作，就交给运动、未拆封的书、点香、研究咖啡、画画……这些爱好将我从一地鸡毛的生活中拉了出来。

　　当一整天的时间有条不紊地被填满时，就连看乌云都可爱，拥堵的车流也生动，邻居家厨房传来的油烟也香，世间的粗浅乐趣不过尔尔。

寂寞是一种清福，以前不理解，现在尤为感同身受。那些因为内耗乱序的意马心猿，都在与孤独一寸寸的交涉中，逐渐摸清了生活的底细。

越来越习惯重复的日子，出行不容易，就在窗前看四季。虽然不知道明天会走到哪里，但隐约觉得，放缓的生活也是一种试炼，我们会老，会有一天不喜欢现在的喜欢，要承受忙碌后严实的虚无感，都在用不同的方式抵抗无趣，谁也不轻松。抬头看月亮又圆了，仿佛是一种映照，远方有懂你的狐狸，心里种了花，在环形山上看到了故乡。

我在个人画展上，设计了一条观展的主题线，通过墙面上文字的指引，让进场的观众共同成为一棵失忆的松树，在这段旅途中寻找记忆。

画中的松树在青青草地上飞翔，在雪山顶上遇见一场极光，被绚丽的龙卷风吹翻了身子，驻足火山口欣赏喷薄的岩浆，沉溺深海与巨型水母打了个照面……那些看似过不去的风暴，都成了它经历过的一张张明信片。当打捞起记忆中的那些至暗时刻时，会发现其实都是我们一个人度过的。就像生活中的大部分问题，只能靠自己解决，在"自爱"之前，必须要接受如何面对自己这件事本身。

怎么熬过来的？或许是硬扛吧。扛过了，就成了风景。

写这篇随笔的时间，是疫情第三年的年尾，我挤进了北京第一拨"阳圈"，高烧时脑中一直重复一句歌词。

"每一个未来，都有人在。"

后来去查，那首歌叫《出现又离开》。第一次听这首歌刚好是三年前。三年前的我们，似乎没时间思考生活的意义，我们接受规训，在每个年纪到来的时候，变成恰到好处的大人。时过境迁，很多事发生着，发生了，然后一定也改变了。

听说那个重度抑郁的朋友，因为爱上了精油，状态变好很多，她说会积极配合治疗，尽量保证不再伤害自己了，还说有时间一起去五台山拜拜。

说现在的年轻人，在上班和上进之间，都选择上香，玩笑归玩笑，但人类在神灵面前越发虔诚，是希望此时此刻，阳和启蛰，一定要比过去更好。

有一个很奇妙的英语单词，present，是"现在"，同时也译作"礼物"。现在即是礼物。疫情终将成为历史，就像这篇随笔，即便被铅字印刷，也会因为失去时效性而变得无关痛痒。

有人记得也好，但大概率会被忘掉，可能如我，也如你，好似烟火。但世上的万事万物，不论出自平地山尖，还是归于花晨月夕，皆为过眼烟云。有趣的是，换另一个叙述方式，当我们成为小小的烟火，在各自的天空灿烂时，从时间的维度上看，就组成了永恒。

少年不会飞

没有什么能毁掉下一代，除了上一代的嘴。

如果没去过长城，不能说到过北京，那么没挤过北京早晚高峰的地铁，不能说自己是北漂。初到北京那两年，未来是将拆未拆的盲盒，充满期待，然而最大的少年心气，并不是取得事业上的成就，而是一个小小的发愿，如果可以，不要再挤地铁上下班了。

　　这本书落笔，我仍没去过长城，但有幸挤过高峰期的地铁，在车厢内，踮脚求过一丝还算干净的空气，贴过别人的后背，见过抢位的骂架，也听见过情绪崩溃的号啕大哭。每一个地铁站内，都像一个人性的收容所，乘客麻木地玩着手机，排队站在闸机、电梯和等待的地铁车门前，像传送带上的零件，源源不断地输送自己的能源。尽管体检被查出脊椎变形，在正骨推拿店里被按得嗷嗷叫，他们仍然保持埋头的姿势，不知道在忙碌什么，但每天又有做不完的事。

　　这些年，在北京打拼的成果伴随交通工具的变化，从地铁到与人拼车，到一个人坐黑车，然后是出租车、专车。不再为日常出行发愁，只专注于自己的热爱，好像过上了我想象中的生活。

在与命运的较量中，我不擅于还手，失之我命，对于那些不可得，很容易合理化，唯独对已有的馈赠患得患失。那是只身一人做过北漂，挨过长夜之后的创伤应激。

最近看的日剧《重启人生》，主人公因为一次次意外从头活过，在关键节点因为不同的选择走向了不同人生。我很难想象自己重复四五次的人生是何种模样，不想再经历一次高考，不想重蹈感情的覆辙，尤其已然成为想象生活的座上宾，实在不忍拱手相让。

不想回到从前的原因，是对现在足够满意。

想起还没出书的时候，我每天泡在微博上，发起了个话题叫"画画日记"。顾名思义，每天要发一条手写的文字以及绘画（还是太年轻，为什么不起"画画周记"）。这个话题几乎将日常焊死，在白天的工作间隙想一段文案，晚上到家誊写在手写板上，再画一张图。绞尽脑汁，时日久了，成了消耗。

碎片化的写作容易分散灵感，原本可以写进书里的故事主题，也因为一百四十个字的高度概括，懒得再想。文学不比说话，说话是试图让自己和对方听清楚，文学是一种暧昧，面对一朵花将采未采的试探，情感的绵延。

那时的畅销书习惯两段主情节后一定有漂亮的鸡汤，变成短视频里的热门画线、读者摘抄的经典句子。当你的一句漂亮话成为阅读的重心时，读者往往只在乎最后的观点，而你写的故事如何，根本不重要。多少是有点投机的。

市场上这样的东西多了之后，年轻的写作者们需要靠很长的时间，来证明自己驾驭故事的能力。

这几年出版的每本书，我都不只是写作者本身，"恶魔之手"伸到了很多地方。图书的印刷，封面设计，宣传文案，甚至连销售页面的介绍，几乎都是自己来的。

印象深刻的是二〇一七年，为了区别于同类作者，我们在暑假的签售搞了个噱头，叫"握手签售会"。四十多个城市，每日一城，一坐就是一下午。左手与读者握手，右手签名，结束之后，在微博发布一条总结性质的长图。长图的文案是我自己写的，一定要在签售结束的一个小时内写完，交给设计师赶图，不能太晚发布，因为我的读者学生居多，夜猫子们也扛不到深夜。

围绕图书的宣传，我花了钱做动画，拍微电影，请国际插画师画封面，总不想让一本书潦草上架就结束了。但这些付出很难换得同等的回报，很多看书的人对此并不在意。前辈劝说，出版行业玩这些花拳绣腿没用，花这些钱还不如多请几个营销号发发书里的段子。为了让更多人知道我出新书，我上过大大小小的媒体节目，穿着讲究，以此证明作家的体面，消除刻板印象。可我名字旁的职业标签，常会被错误地打上"歌手"或"演员"，为此又免不了几轮沟通更正。

真的挺累的，却也不知道在累什么。明明努力过了，可收效甚微，那些大道理总劝你再坚持一下，就能走到最后，如果还没有，就说明努力得不够。可是终点到底在哪里？

我那个做直播带货的朋友，每天说到后半夜，中午睡醒，继续口干舌燥地选品，终于声带长了结节，医生让他必须止语，否则后果会很严重。更严重的是，他如此忙碌一整年，几乎没赚到什么钱，细算人工和场地成本，或许还倒贴了。不是所有赶上直播热潮的人，都能轻轻松松一呼百应。

还有那些一次次考研失败，仍然哭着挑灯夜战，在浪中泅渡上岸的人；经历过背叛，疯狂在自己身上找原因，相信对方会回来的人；职场中努力为同事扛下工作，以为就能融入集体的人；在家人面前不断证明自己的优秀，只为了求得一点话语权的人；即使身体无休止地呐喊，也要同时兼顾家庭与事业，只为了争取与男性平等尊严的人。

即便内卷的说法不存在，我们也争先恐后地从未放过自己。

我很少在公开场合聊努力这个话题，每个人都在修葺自己的舞台，各有难处。就像我的职业，写作是个抽筋剥皮的过程，不期待有人感同身受，多说无益。而那些在别处的努力，其实他人并不关心，说多了反倒显得不务正业，还有既得利益者卖惨的嫌疑。主要是很多吃下的苦，弄得一身脏腥，也没有结成果子。

不成功的努力，只是折腾。

在很多人眼中，我是个幸运儿，赶上新媒体的出现，仰仗一些得体的聪明，出的书有人看，就没有然后了。

想起别人眼中的我，有几件趣事分享。有一年，出版社新来的编辑带我赶往宁夏签售，车上他一路不语，到站已是深夜。他终于开口，第一句竟是别别扭扭的道歉，说当地没有星巴克。我一愣，安慰他，没关系呀，这么晚不用喝咖啡。他面露难色，又说，可是明天也没有星巴克。我疑惑不已，一个星巴克为什么如此重要，问其原因，说是因为其他编辑交代了，我出行必须喝星巴克。

我摊手，又可笑又可气，原来在别人印象中我有如此造作的气质。我当场追问传闻的来处。结果是前几年最早带我的营销组长，怕我签售犯困，贴心准备了咖啡。这样的好意流传到他人口中，成了我咄咄逼人的要求。

畅销作家，尤其是年轻的畅销作家，自有原罪。就像某次接受群访，一个媒体大姐在众人面前给我难堪，说我这种九〇后写的书不叫文学，外面排队来看我的都是些小女生，问我怕不怕毁掉她们对文学的想象。我实在难忍，破罐子破摔，回她，没有什么能毁掉下一代，除了上一代的嘴。

你的画像在别人眼中是固定的，没有什么能改变他人的看法，你唯一能做的，是少看他人。

三十岁是我思想的分界，大环境带来的思考如恒河沙数，成日在脑中回旋激荡。生活被揉捏成不曾见过的样貌，对很多人事物的看法转变之大，让我始料未及。过去用力握紧的拳，因为"不重要"三个字而开始松动。不与人争辩，少反思自己，自己做不到的事及时放弃，不期待在未知领域有任何张扬的建树，完全笃信专业的人。

老天爷给每个人都塞了饭碗，端属于自己的那一碗会好受些。

当然这不是躺平，而是更加专注手上可以做的事，自知轻重，逐渐变成一个腼腆安静的成年人。年纪弄丢了勇敢，同时也弄丢了莽撞。

成年人的精打细算，不会再为谁翻山越岭，更不可能无心看风景。一为活着，二就是为了看好多好多的风景，可如果看一趟风景太麻烦，那就算了。看过的中医们老生常谈，不要熬夜，少吃辛辣，我都乖乖照办，可是失调的脾胃还是没有好转，要长的痘还是杵在脸上。晚上十一点早早睡下，连睡十个小时，第二天该困的时候，仍然困得不客气。有人从不忌口，只睡五六个小时，照样精气神十足，生龙活虎。这是基因决定的，承认别人的天生丽质一点都不难。在天赋和运气面前，努力能改变的程度太低，不值一提。

做一件事，如果没有正向的反馈，不会再增加吃苦的剂量，生活已经很难了，就算不自讨苦吃，老天爷也不会放过你。

社会的排位赛之下，人们相信功不唐捐，跌倒之后，连躺一会儿的时间都没有，必须快点爬起来努力。可是没人提醒，频繁经受生活的暴击，我们的抗挫能力将会不可再生。如果每次努力，都以失败告终，一次次的失望积累成习得性无助，最终会陷入更灰暗的情绪螺旋。

就像很累很累的时候，听到"加油"和"努力"都会有生理性不适。

一个人能在这样的世界里，保持一点生而为人的高贵和体面，是因为我们还有思想，而不是我们很会努力。

我们在地理课上记住每一个城市的名字，依稀记得生物书上一株植物的解剖图，背诵《爱莲说》的全文，看搭载金唱片的旅行者一号流浪于宇宙。一切浪漫的习得，都在告诉我们，你完全可以放松下来，不管你是用力奔跑，还是只想散步，世界的美好一如往常。有时候，你只需要晒个太阳，做做白日梦。

北京近日天气甚好，我的住处楼层高，一个房间的视野无遮挡。灯火将路面和矮房绣上一层暖橙色，远山隐在无垠的墨蓝天幕中，体贴地为着实耀眼的月亮让出位子。不只月亮，还有好几颗星星。

开窗，冷风躲进屋里，我哆嗦着身子，试图用手机拍下天空，手都冰了，也拍不出来那些天体肉眼可见的美感。

好奇怪，从前忙碌的时候，没觉得夜晚好看。大概那个少年一心只想着不再坐地铁。终于不用坐地铁了，后来误以为他会飞。

小恶意

这是丛林，活成野兽。

朋友圈上一次更新还停留在月初。

窗外拍下的火烧云，配文"真美"，点赞寥寥，氛围淡漠。不知从什么时候起，渐渐失去分享欲，不仅是我，外界也如是。几个常用的社交平台几乎都是大家私人的《新闻联播》。朋友圈当日记发的，为数不多的有两个朋友，其中一个关系近一点，刻意展现如此丰富的生活，说是为了让前男友看到她现在过得有多么好。另一个是迪士尼乐园的常客，基本两三天去一次，一次发十条。不必多问，她只是需要被治愈。

或许是意兴阑珊的错觉，现代人越来越抗拒美好这件事。不像以前所有人都捧着温柔的糖果，在你与世界之间的门前来来往往。你躲在小黑屋内，向门上的猫眼张望，那些路过的善意，时不时变成叩门的声响，向你递上久违的甜。而现在的你，面对疾风骤雨，耗尽力气开出一条门缝，看不清楚外面的人是什么表情，害怕每一次毫无保留的分享，都会经受虎视眈眈的审视。

　　我之前看过一条微博，说是一对夫妇带着六个月的婴孩搭乘飞机。因为孩子第一次坐飞机，宝妈贴心地给周围的每个乘客发放了耳塞和糖果。附上的便条写着：他若哭，愿能顺走您的忧伤；他若笑，愿能洒到您的心上。微博底下的评论纷纷表示被细节感动，为夫妇根植于内心的修养点赞。

　　经历过熊孩子在高铁、飞机上的折磨，即便我没有身处于那架飞机上，当下也与这个片段中的他们共情。那个孩子长大后，也一定能成为善良的人。

　　我今早看到同样内容的一篇帖子，还是那张照片和描述，可下面的评论却截然不同，有人说父母够屃的，想太多了，乘客没那么小气；还有人用了很多现代话题，说明显被社会磨平了棱角，说他们是讨好型人格；更有人角度清奇地说，这耳塞看着就不舒服、炫娃……社会的趋同心理让这些类似的恶意发声不断出现，他们厌倦了美好的同一性，发出的声音如火山喷涌而出的灰尘，让那些善良的观点滚进沉默的螺旋。

　　句子掐头去尾，表达变得单一，我们一键打开的不是内容本身，而是太多人对别人的评价和断论。

　　舆论为何会走进这样的暗巷？或是因为我们过于崇拜结果导向，

用金钱、地位概括一切过程中的努力。加之信息爆炸，那些更多更好但又不属于我们的生活，强行摆在我们面前，造成了很多人对所处社会地位的不满，随之产生了巨大的身份焦虑。

鸡汤说要接受自己的普通，可是普通人最难的三件事就是：结婚、生子、买房。三个雷打不动的任务像是人生耻辱柱上的钉子，将我们绑在市场经济的命盘上，成为他人摆布的棋子，不得不卷入内耗和争斗。社会从增量博弈变成了存量博弈，必须比想象中更努力，才能活下去。

我们失去耐心，变得急躁，情绪负荷不了身体的动能，于是体面和温良都不重要了，对他人苛刻，对自我逐渐降低门槛，想要将那些看着轻松温和的人拉入同样的泥潭。

反正做成什么样都会有人说的，那我为什么不能先发制人，变成说的那个？

这是丛林，活成野兽。

我们的聪明伴随狡猾，弃道从术，放下那些本质，规律，哲学，去追求投机取巧的方法，免去思考，习惯性地让那些已经加工过的信息，在手指与手机屏幕的滑动间来去自由。电视剧要倍速，书要听三分钟概括解读，两个小时的电影满是尿点，总是忍不住看手机。音乐也只听副歌，什么都可以伴随性地看看。

当可以选择的事物太多，娱乐过度丰富时，人会落入破罐子破摔的颓唐之中，成为不再渴求真理的乌合之众，以最舒服的姿态，身陷一场耽迷声色的幻觉。

少与人提起的二〇一六年，头一年接连出版了两本书，销售成绩喜人。那几本书的能量，挤破了我尚且年轻的茧，在成为更好的扑棱蛾子之前，评论纷至沓来。

喜欢的人非常喜欢，讨厌的人憎恶至极。

每日打开这些书评都是极限拉扯，前一个人说爱到不行，为书中情节动容，深感治愈，后面一条又说是垃圾，是廉价鸡汤文学，当厕纸都浪费。这还是尚且能被写下的评价，那些问候爹妈，带着脏字的恶意，我两手一攥，如指中沙，细碎到捧不住。

家人都看网评，连我八十多岁的外公也有自己的微博账号，他怎么可能看不到？与他们打电话，能感觉到他们言语间的试探，问我一日三餐按时吃了吗？最近工作忙不忙？有没有熬夜？最后外公实在忍不住了，红着眼感叹："宝贝外孙，我当时怎么忍心放你一个人去北京啊。"

这种极端的感受与恐惧，让我乱了阵脚。我性子急，像在幼儿园小班的打闹，总想还手，看到没来由的恶评，就想亲自回复。

当时合租的室友好几次抢下我的手机，才没酿成更难堪的局面。情绪无处发泄，我时常呆坐在沙发上，莫名其妙地掉眼泪。被朋友拉去 KTV，喝不了几杯酒，就哭个不停。我说别管我，就让我情绪流淌一会儿。他们以为是酒精作祟，其实只有我自己知道，心底最柔软的地方生出斑驳，我可能快病了。

那一年我写不出东西，提笔一两行，就试图润色成严肃文学的样子，不上不下，风格尽失。我跟随热销榜上的文学书单买了厚厚的一摞书，翻两页就困，甚至开始怀疑自己的阅读能力。当自信的堤坝溃塌后，洪水倾泻，回天乏术。

他人视角里，我是年少有为的正常人，只有我的手机草稿箱中，装满了没有发出的争辩与写到一半的微博，它们成为我与我照面的秘密。

同年，因为某个故事做电影改编，我常去上海开会，过程并不顺利。电影是集体作业，少了一环就无法运行，作为原著，我一直认为自己是重要的，配合做剧本，心态绝对开放。项目过程中，突然好几个月没有消息，片方给我的回复是，新换的编剧正在写。后来这个编剧半夜打电话来向我哭诉，说是片方不让她与我沟通，怕我作为原著作者会影响编剧创作，还说片方硬要在爱情故事里安排一只熊，真实的熊。不知道谁提出来的，说到时候海报拍出来吸睛好看。

那一个小时我几乎都在安慰她，挂了电话我也哭，委屈难言，生活真的好难啊。

都说人抑郁的时候，会失去安全感，有被害妄想，幻视幻听，这些我都没有。除了某样东西总找不到，然后再一回头，它就待在最显眼的位置，不知道这是灵异事件还是我眼拙。

书上说，刻意要找的东西都是找不到的，就像那段时期，拼命找快乐。写过那么多文字，轻巧地拿出一句，似乎就能治愈自己，但于我无效，只能深切觉知自己的痛苦。我像个冷静的医生，目睹生病的自己，满是嘲笑。

清醒的抑郁最痛苦，我是我在白天吃的苦药，我是我在夜里掉的眼泪。

有一日到家，看到室友的半瓶可乐放在我的书上。我与室友大吵，直接将瓶子砸在地上，溅了对方一身可乐。那是我第一次情绪失控。我摔门而出，刚出了单元楼门，就后悔了，心里像是有个绷紧的皮筋，只要冲动地先松手，理智随即就会感觉痛。

太理智就是这点不好，总会抽离出来，观赏自己反复冷热的情绪，有时鲁莽冲动，有时草率幼稚，对人无常，像是小丑。我不喜欢这样的自己。

给室友发了长信道歉，他没回。我在家楼下徘徊，走到小吃档口，想起到饭点了，买了一屉他喜欢的生煎包。拎着热腾腾的生煎包，走到楼下，见到正来找我的室友。我看了看他来不及换的居家拖鞋，他盯了一眼我手里的生煎包，我们相视傻笑。他指着身上带可乐味的衣服，说："你是真溅啊。"

他挺会骂人的。

听说理发有助于赶走抑郁情绪，我强迫症式地开始对头发下手，过个十天就去理发店修刘海。这样折腾理发师的日子持续到年底，有个去云南支教一个月的机会，我没多犹豫，当是散心。

那一个月我完全放下了争议的畅销作家身份，只与孩子们相处，吃住在一起。村子里仍然保持原生态，脚上会不小心踩到牛粪，抬头也能瞬间因为暮色的天空原谅一切。离开电子产品，拥抱自然和纯真，可以回到灵性的状态。

后来我将那一个月的体验写在新的小说里，作为其后新书试读的故事，篇名叫《再见永无岛》。"永无岛"是彼得·潘永远的童年，也是我避世的那部分自我。当与外界的声音和解后，才有勇气告别安全港。

很多时候，之所以不自由，是因为自己不想要自由，结果是自己选的。就像《被讨厌的勇气》里说：现在的你之所以不幸，正是因为你自己亲手选择了不幸。

真正自由的我，提笔如枪，杀回来了。

正是因为懂得言语的能量，所以更是不妄言，见人见善面。只要是我喜欢的人，我都会发自真心地赞美他们，每一次赞美都是随喜，我相信同样的运势也能降临到自己头上。

虽然身处现在的大环境，类似从前美好的表达少了，但我有个保持了多年的习惯，每月一号会发一条手写字配图的微博，作为与读者间一期一会的仪式感。亦是提醒自己，记得书写的温度。字句简短，不丧。说实话这么多年过去，早已写不出什么花样了，转发评论也从当年的几万掉到现在的几千。称不上摛藻绘句，但明显大家对这类的温柔免疫了。

其实不单是手写字，写的书也是。旁人问过，试试转型。我想了想，直觉不怕，每个人其实都太累了，他们龇牙咧嘴地坚定伫立着，带着一点无处发泄的小恶意，手无寸铁，却还是撑住半面塌下来的天。

谁的天空够宽呢。

我们的一生，不过都是一场补齐残缺的修行，总会需要一点安慰的。我也期待更完满的那天。

掉下钢索的人

人总是一手用轻狂交换回另一手的成长。

手机相册里有一个功能，叫"为你推荐"，里面躺着诸如"昔年今日""下雪天""人像"，以及城市地名的照片集锦。我经常会在不经意间点开时，被猛然一击。

我不是一个擅长怀念过去的人，被时间修饰之后，再看到过去种种，竟然都比现在顺眼。几乎不用什么美颜功能的自拍照；在不同城市中藏匿的四季风景；那家好吃的拉面店，是迷路在箱根的小街上偶然发现的；巴黎的花神咖啡从照片中也能渗出香气来；月牙泉的骆驼朝我眨了眨眼；忘了在台北夜市吃到的最后一口食物，是甜不辣还是蚵仔煎……靠照片在回忆里旅行，加深了那种恍若隔世的错觉。

年纪大的标志之一，是原谅所有，包括自己。标志之二，是开始回看过去，发现过去发生时黑云压城，回顾时都成了良辰美景。

我很少有整理手机内存的习惯，即使换手机，照片视频也都留着，微信聊天记录可以追溯到五六年前。最近有太多时间待在家中，终于想起整理相册，用了好几天的碎片时间回看过去：工作采访、演讲、节目录制，或是同事随手录下的日常。

那几年的我，大体是丰满自信的，从拍照时极力克制，但仍藏不住的表现欲能窥见一二。反观三十岁后的修身养性，竟然将往日的飞扬跋扈也磨平了。不爱拍照，不想成为别人关注的焦点，能止语便止语，多说几句话都觉得是一种消耗。

走在钢索上，每一步都是华丽的表演，从前汲汲营营只想顺利到达对岸，现在无人打扰，停在半空中。可人无远虑必有近忧，与自己较劲的一大特点，就是要处理变幻莫测的思绪。

青春期的我是不爱说话的，家庭聚餐永远以最快的速度吃完下桌，站上讲台发言都会喘。我对这个世界很疏离，没有观点。后来因为出书的关系，加上微博一百四十个字的金句要归纳一个道理，这种操练式的频繁输出，倒也将脸面练厚了。这成为治疗我性格内向的良药，或者说，是恰逢其时的养分，让原本二十来岁还在辨识世界的我，提前拥有了还算稳定的情绪和成熟的三观。

我略过了很多不见棺材不掉泪的奔波，直接跳级成为别人心中的树洞型选手。生活中随口讲一句话，能让朋友觉得有见地；书上写一句话，成为数年后还在被情感大号转发的素材。

有一个曾经跟了我很多年的化妆师，他说"长大"两个字在我身上特别具象。从第一次上电视节目，站在主持人身边，话都说不完整，到后来面对读者的提问可以滔滔不绝，只要捡起话口，话题就能不落地，一直聊下去。

输出是会上瘾的。尤其是当你的表达和观点真的能让听者受益，得到及时且有效率的反馈时，人的某种特性就过于突出，像是月亮周围的彩色光环，过于耀眼，会让人们看不清它们本身。依靠着这种"晕轮效应"，我说过的话，写过的故事，比我这个人要生动得多。

毕竟流露优越感是人很难克服的本能。

说实话，现在如果讨论表达者的宿命与悲哀，难免有种既得利益者的矫情。我思故我在，那些表达让我成为今天的我，但懂得太多道理的人，生活中往往容易遭遇不幸。就像孩子们在岸边堆起的沙城，白天放肆欢愉，夜里要独自面对涨潮的窘境，浪一来，便陷入清醒的迷思。

从手机相册里翻到一张照片，心没来由地一紧。这是一张我忘记删除的节目海报，去年参与录制的。当时朋友盛情邀请，我一看介绍，狼人杀节目。我问："是那个我根本记不住大家发言，而产生不了半点游戏乐趣的狼人杀吗？"朋友说："你不用记，我们没那么专业，纯娱乐节目，你会说就行。"

朋友称，狼人杀也是一种表达。同事劝我，要跳出舒适圈。

那几年，"跳出舒适圈"等同于中学生写作文放在开头结尾就会加分的名人名言，尽管我到现在为止都不太理解，我们在自己人生的圈套里已经过得够艰难了，还往外瞎跳个什么劲儿。

我不太会拒绝，耳根子天生软烂，目前为止的人生，浪费的时间几乎都是为了后悔复盘的。除非踩到我的边界。我一共拒绝过两个节目，一个是去部队里训练军犬，另一个是去少林寺比赛写作。

后来证明，人必须要有边界感。

因为没怎么玩过狼人杀，录制前我还特地去桌游吧与陌生人组过两局。我骗人的时候逻辑尽失，容易结巴，这种撒谎比上学时拿着假冒成绩单找父母签字困难多了。到了节目现场，嘉宾都是专业大神，拿到身份牌的我，像被施了咒，全程几乎是丢了魂录完的，不记得说了什么做了什么，从未有过地紧张。

节目播出前，我为配合宣传在微博发了自己的海报，结果当晚就被网友围剿了。菜鸟上岗，我能想象一万种被骂的理由，点开看评论，怎么都在说我性别歧视，当即就傻了眼。

我胆战心惊地找出自己那一段节目，忘了是第几轮发言，我试图表现轻松，出其不意，想当然地说这轮被刀的男生，有可能身份是狼，因为他睁眼发现同伴是几位女生，想早点结束游戏就自刀了……

我没敢继续看下去，确实像在看一个疯子胡言乱语，怪不得别人过分解读。或许当时只是想表达自爆的玩家太厉害，也或许因为紧张，玩起了自以为是的幽默，总之因表达而拥有第二人生的我，却因为说了欠思考的话，打磨了一件精致的兵器，交付于他人，再手刃自己。

"性别歧视"这种标签刺在身上，太痛了。我的读者多是女孩子，发生这样的事，庆幸依靠多年的默契，她们知道我坚守的立场，并没有责怪我。但那些看了这一段节目就对我盖棺定论的观众，我也无法苛求原谅。

别人没有义务了解全部的你。

毫不夸张，我现在看到"狼人杀"三个字都有生理痛觉。口业由我造成，事后让朋友向那几位女嘉宾转达了歉意。

一场小风波结束，闭门多日，我总结出以下几个道理：

一、绝对不再去自己不擅长的领域随便"斜杠"[1]，因为对其他专业的人来说，就是资源被占用，是一种冒犯。

二、同样是口号，"做舒适的自己"和"跳出舒适圈"，选前者。把自己做明白往往就要花一辈子的时间了，有时候不必跳出舒适圈，其实可以扩大舒适圈，争取方方面面躺着也能过好。

三、该拒绝就拒绝。拒绝他人时，似乎总会将自己放在做了亏心事的一方，倾诉自己的心路历程，即使没有，也要找个漂亮的借

---

[1] 网络用语，指多个领域的多个身份。

口，一丝不苟地搪塞回去。其实在别人眼里，无论何种理由，你就是拒绝了，如果对方对你画了叉，不是你的问题，而是他的问题。这种朋友不交也罢。其实，你不愿意的事，要学会说，不用了，不需要，不可以。

四、人是经不住了解的，不以三两句话妄断一个人。

五、人长大的标志再添一，说委屈没用，只能找个没人的地方抽自己。

人总是一手用轻狂交换回另一手的成长。

之后，我变得寡言，一来是因为输出太甚，肚子里存货不多，总害怕说话不高级；二来是因为懒得说。表达存在裂缝，修补得更为审慎，我一度不再在社交平台上发表观点性的文字，就连与朋友的相处中，也少了玩笑的环节。每下笔一句人物的描写和台词，都要自查自纠，有没有冒犯到不同的群体。

直至某日打羽毛球，碰到一位女老板，因为我们开场前用音响放了几首歌，她言辞激烈地命令我们关掉，说她更年期怕吵。同行的朋友窝火，说结束后一定给个差评。结果我们刚开始打，女老板主动前来指导我们的动作，温言软语的，像变了个人。她说自己退休前是羽毛球教练，用所有的积蓄开了这家小场馆。我们纷纷表示被她刚才的态度吓到了，她乐呵呵地回应："习惯就好，做老板可以霸道，做老师必须温柔。"

　　后来我又去那个场馆打过几次球，只要碰到那位女老板，她都会先免费教学二十分钟。尽管每回说的内容差不多，球飞来时要提前判断，要侧身迎球，两只手要举起来，力量要放在手臂而不是手腕。道理真的都懂，就跟做人一样，站稳了，还是免不了犯错。

　　我没什么运动天赋，唯有羽毛球还能打上几回合。她可能看出我身上零星的潜力，总是热情教我挥拍，什么时候听到球打在拍上厚重的闷响，就离高手不远了。她问我："会不会嫌我啰唆？"我再三摇头，玩笑道："只要你不收我课时费，你说什么都可以。"她中气十足地嗳嚅两声，一脸不悦，那位霸道女老板又回来了："我才不管你爱不爱听，反正我想说，也许说的是废话，但证明我一天天过得挺开心的。"

　　谁不是接受命运附赠的长杆，在亲朋好友的注视下，表演完美？高空已经走得太累，那一刻，我脚下紧绷的绳子终于断了。

　　都朝春天去吧，别烂在过去和梦里。

抑郁飞驰

人类的底里是悲伤，我们都在用厚重的颜料，覆盖那些粗糙的线稿。

写书这几年，每年的时间基本被分成上下半场，上半场创作蓄力，下半场全国签售，与读者见面。在直播卖书还不盛行的那些年，写作者身体力行能为新作宣传的方式，大概就是奔波于每个城市的商场书店间，靠一纸签名，完成与读者之间盛大的结缘仪式。

我在签名这件事上比较有发言权，记忆最盛的是《后来时间都与你有关》那本书，四个月跑了快五十个城市。最忙的时候每天换一城，睁眼和闭眼睡在不同的酒店，与天气斗智斗勇，一行人推着行李箱在机场火车站小跑，碰到距离近的城市，就迎着凌晨的星光，在高速路上飞驰。不能输给车内小我几岁的同事们，我强撑着剩余的精力，一定要跟着车载音响唱完一整首歌。

当然这一切有些许惬意成分的加工。将兴奋和疲惫掐头去尾，签售本身其实是个体力活，签名，抬头，微笑，握手。最怕听到的提问三连：记不记得我？对我们城市有什么印象？喜欢我们城市哪道美食？我是七秒记忆的人，加上奔波和长时间的重复动作，大脑放空，会忘记此刻在哪个城市，只记得要少喝水，因为中途上不了厕所，以及对抗久坐后的腰部不适。

能消解这种制式化的，一是来了很多热情的读者，站在活动方的立场，没辜负所有人的努力；二是自我充电，能在被爱里收获认同。

我很大一部分的自我认同，来源于喜欢我的人。

没办法，我就是少了点自持的慧根，无法无理由地达到自爱。我对这个世界的愚见，我生活中应激的那部分抑郁，都因为被人喜欢和有人理解，而得到纾解。

尽管每个人都应该是独立的个体，我也还是偏爱与他人建立情感连接。一定要允许自己的一部分寄托是发生在别人身上的，要么得到别人肯定，要么被别人感动。心若不被触动，跟死了有什么分别，不想要小红花的人，那幼儿园白读了。

我逢人便推荐的一本书《抓落叶》里说："如果你运气好，人们会以自己知道的方式爱你；如果你真的非常幸运，人们爱你的方式恰好是你所期望的。"

我算是非常幸运的写作者，每本书都有机会跑签售，因此几年过去，在每个城市间累积了很多缘分。第一年，队伍里有个紧张到讲话磕巴的小姑娘，现在是独当一面的活动组织者，捧着读者们亲手制作的礼物，在台上告诉我"我们永远在你身后"。第一年，小伙子说他替女朋友来看我，后来他牵着女友的手出现，说他们已经结婚两年。第一年，有很多人告诉我他们的梦想，后来梦想千帆过尽，他们成了教师、空姐、护士、摄影师、媒体人、研究生、创业者……几年间，从外表到底里，我们都变得越发美好，不知不觉间形成了奇妙的陪伴感。

人与人之间的关系太脆弱，经不起现实审视，但坚韧起来，无论是怎样的亲疏，都不太容易分散，远比"爱"更坚固的介质，叫作"时间"。

每回写书的那几个月，相对冷漠，绝对孤独。平日就不喜欢社交，创作更是喜欢封闭自己。生活作息规律与否不重要，不健康的其实是与外界完全脱轨，几个月过去，再面对世界，总会感到生疏。

我是那种慢启动的人，与慢热不同，不内向也不安静，向来是热情的，只是机器几个月不充电，重连电源后，需要较长的时间调回当初的状态。表现在出门就犯困，与人对视会不安，讲话偶尔迟钝。

本以为这样封闭的体验都需要主动去找，谁能预料人类在过去三年，陷入一场平行世界的幻觉。我们需要习惯一个人，脸上长出口罩，囿于熟悉的环境中，那是长达好几个月的无所事事。

人就是这样的，环境能流动的时候，生活像一根鞭子，我们被迫往前跑，来不及悲伤，当束手束脚困于一隅时，除了思考下顿饭吃什么，只会思考人生。但人生根本就不是用来思考的，而是用来度过的，思考太多，身体跟不上脑子，就会"生"不下去，折腾出病来。

疫情期间我写了一本书，除此之外，更加敏感，见不得人哭，一篇社会新闻也能让我沮丧好久。伴着那本书做了几场小心翼翼的签售，才让熟悉的安全感回来。

与大家重逢，竟有种劫后余生的错觉，见着一些熟面孔，心里痒痒的，稍微在台上多讲两句，鼻子就发酸。

以往读者最爱让我写的寄语前三名是"未来可期""生日快乐"和"加油"，结果那几场签售，有好些读者让我在书上写"好好活着"。现场互动提问的读者，说两句话就哽咽了，她说我的书给了她配合治疗的勇气，即使是最难的时候，也没有放弃自己。口罩都哭湿了。

签售的队伍里，排到一个扎着辫子的姑娘，不说话，向我递上一张小纸条，上面写着：你好，能不能给我写，不要死。我抬头看了看她，因为戴着口罩，隔绝了脸上的表情，但从眼神里，我能看出那个向我求救的信号。简单的三个字，就像是对着残疾人说，站起来；对已经千疮百孔的人说，不许哭。对情绪落入谷底的人来说，让她加油，就是凌迟。她何尝没有告诉过自己千百遍，她只是想让我替她写下这三个字，寻找一份微弱的坚定和认同。

这个时代放在台面上的"正确"越多，也就越让个体的情绪难以消解。我们整理自己的崩溃，抵抗根本无法与他人说的抑郁，那些难熬的时刻都是独自度过的，但所有人都只是觉得"你还好"。

北京场的签售，有个排在最后上来的男孩子，颤着手告诉我他的童年遭遇，他的病，以及他对写字和画画的爱。我坐在凳子上仰着头看他，为了掩饰上涌的眼泪，起身抱了抱他。

坦白说，面对他人的抑郁，我束手无策。因为害怕每一次的劝慰都是打扰，站在说话不腰疼的立场，我只能用一些温和的文字，制成旁门左道的药方。

写段比喻吧。有人是飞机，它也在天上，但是远没有宇宙耀眼的天体那么动人。作为交通工具，它的宿命仅仅是每一次起落安妥，它绝对应该有自己的情绪。可是如果换个念头，只要保证不坠落，试着接受这些酸楚，当天气好的时候，飞机飞上夜晚的天空，经过璀璨的星群，只要地面上的人抬头望，在他们眼中，它也是一颗发亮的星星。

甚至比星星还可爱，你看它还会散步啊。

每个人都有泄洪时刻，只是你的水流湍急，大了点。就算是一场海啸，也总会过去的。不要忘记，人类的底里是悲伤，我们都在用厚重的颜料，覆盖那些粗糙的线稿。但画画的人知道，有些线条是盖不住的，仔细看还是看得出，不过不影响你成为作品。

　　我每次出书，虽然嘴上说着不在意，但毕竟是自己的孩子，终于松手放它走，还总在不远处偷偷看着它。说实话，要不是读者多次告诉我，我的书可以治愈他们，最难的那段时间都是看我的书过来的，我也很难确认，此刻的我，到底在做什么。每一次自我怀疑，可能真的也无法消化，这不是看看哲学和宇宙就能解决的问题。

　　我们这一代，缺少自信教育，父母不善于表达爱，从小只知道，学习不好可能会去街上捡破烂，总有个什么都比自己好的别人家的小孩，在大人的饭局上要会背古诗，张罗琴棋书画，因为每个人都要找到自己的热爱。但没人教我们，当全世界的热闹都出现在一台小小的手机里时，如何处理席卷而来的焦虑和负面情绪。也没人告诉我们，如果一个人找不到热爱，那活着的意义到底是什么。

　　在这个连快乐都要分高级低级，身材和容貌也能产生焦虑的社会，每个人看似光鲜亮丽，保持微笑和营业式的忙碌，但只有独处时，才会狠狠地重复失落。手机订单里最近买的那本书，竟然是本心理类书籍。

　　签售之前，各活动方有媒体采访，经常被问有什么建议可以送给年轻朋友。几年前说，少听建议，过好自己的生活。现在想说，请想尽办法让自己更自信一点吧。

　　这个世界上已知的事物太多，还有好多我们不曾发觉的物种，正如我们来到这个世界上，只活一次，都是一小段风景。此时的你，或许是山间的一朵黄花，掉落的一片叶子，驻守在巷子口的路灯，一阵无人过问的烟尘，也或许是深海里没被发现的鱼，没有被命名的星，怎么抓也抓不住的风。人们定义的美好，只是大多数人追随的喜好而已，你不必勉强变成那个事物，做擅长的你自己就好。

我在书里写，宇宙于百忙中让你降临，是为了让你看见自己的特别。你身上所有残缺的、富足的，你的快乐和你的悲伤，有天赋和热爱的你和平平无奇守在自己一亩三分地的你，都是你，独一无二的你。不必说，我要努力快乐，我们真的不是为了快乐活着的，它不应该是你人生追求的唯一目标。

人生的意义，活着，走到最后，仅此而已。

要更自信，对所有人说，也对我说。别怕啊，烦心事太多了，生活也确实不容易，还要应对不想做可又必须做的事……但还好，至少有那么一两个自己真心偏爱的人，想想他们，也就有了为此奔跑下去的勇气。

调教父母指南

人是爱的容器。记得我爱你。

一个人的成长，其实可以从他们与家人联络的频率中看出来。

想起到北京的头两年，几乎三天与我妈通一次电话。那个时候，身上是带着故乡气味的，稚气未改，听得懂闲话，拥有同一些家常。后来几年，他乡上场，北京这座城市看似没空管你，但架不住热情，很会塑造一个人，动辄脱胎换骨，几年光景就有可能彻底改变一个人。

这些伤筋动骨的疼痛很少与父母提及，筛选后能聊的话题不多。我妈问我："是不是报喜不报忧？"我说："报忧你能给我解决吗？我还要反过来安抚你容易多想的情绪。"剥洋葱的人没哭，洋葱先哭了。

其实不是不愿意聊，好的东西翻来覆去雷同，但不顺都各有各的坎儿，不知道从哪里讲起。就像这些年遇见的人，好人都相似，坏人千奇百怪，打得你猝不及防。年纪小可以允许自己哭闹，当你开始选择咽下悲伤，拥抱沉默，不再想被关注时，其实就步入了成熟。

那些吃喝拉撒的琐事，经不住三天一个电话，而后变成五天，一周……我妈发来无声抗议，是篇公众号推文。不知道是哪国专家的研究，说人们沟通中的信息，实际上只有百分之七是通过语言传递的，百分之三十八是通过我们的语气语调，而身体语言占到了百分之五十五。在面对面的交流中，我们会同时调动这三个要素。当我们用电话交流时，我们就失去了身体语言，只剩下两个要素了，但如果我们仅仅使用发微信或社交媒体来沟通，我们就只剩下一个要素。

我会意。自此我们的沟通从微信语音变成了打视频电话，勉强三个要素齐备。

我妈兴致盎然，她不太会掌控自拍镜头，经常一张大脸占据整个屏幕，我爸卑微地凑在一角，露出四分之一张脸，靠嗓门拉高存在感。那浑厚的高音只要多说两句，我妈就着急上火，觉得他霸占了与儿子聊天的时长，于是两人开始互相揶揄告状。最后往往都是我托着腮，看着两个越来越像孩子的人，变相秀着他们的恩爱。

父母不能细看，尤其是这个年纪的父母。每一道皱纹都长在我心巴[1]上，每一根白发都刺在我眼里，每一次操作手机时，笨手笨脚的样子都打在我情感软肋上。尽管练习与父母相处，就是要克制一点感性，但还是抵不过时而想念加深。

---

[1]网络流行词，指代心脏。

挺认同那位专家的研究的，等与他们见面，还上的身体语言，是一个拥抱。

我一向认为与父母的相处是要"调教"的。首先是用经济独立来宣告自己的成年。

我经历过很多朋友或者读者的问询，他们都因为无法与父母沟通，而陷入亲密关系的恶性循环。因为他们听不到你真实的声音，某种程度上，甚至剥夺了你表达自我的权利。究其根源，或许俗，但直接：如果一个人步入社会的试炼场，还在或主动或被动地伸手接住父母递来的钱，那在父母眼里，都还是与小孩子博弈的供需关系。

我看过网上有个段子说人一生会长大三次，第一次是在发现自己不是世界中心的时候；第二次是在发现再怎么努力，有些事也令人无能为力的时候；第三次是在明知道有些事可能会令人无能为力，但还是会尽力争取的时候。我认为太丧了。我的三次长大不太一样：第一次是你意识到你就是世界的中心；第二次是你阅人无数终于爱对了人；第三次就是不再向父母要钱。

有一回过年，那时我已经出版了三本书，还算踏入经济独立的门槛。年夜饭上，按我爸的要求，晚辈们要逐个起立说祝酒词。在发言之前，我给桌上的每个亲戚都包了红包，数目不大，但先发制人，那次发言比任何一次都有底气。我聊人生，希望所有人活在当下，其实没有什么事是重要的，除了生死，哪一件不是闲事？让我们干了杯中酒，今后大家都顾好自己就行了。

话里有话，即使不合时宜，至少也将话题带去了另一个方向。所有人认真看着我，似乎听得尽兴。

那种情绪很复杂，每个孩子用尽浑身解数迎来大人的关注，有时是想多讨一颗糖，而有时，只是想让他们认真听自己说话。这样的注视来之不易，我知道从这天开始，终于等来了他们眼中我真正的成年。

家人对我们现在的工作很难了解，但了解人民币，毕竟花了半辈子的时间与之交手。你终于拥有了同他们一样的入场券，成为入席的大人，甚至撂下更多的筹码，他们自然会跟着你下注，觉得你应该走进了他们想象中的生活。所以其实很多人弄错了前提，解决与家人沟通的问题，不是坐下来开始聊，而是先去挣钱，如果还是聊不下去，那就是挣得不够。

调教的另一个阶段，是告知你的边界，亲情不切割，但是生活需要切割。

身边的朋友很多都是资深北漂，想来我到北京也有十年了。除开大学四年住校的缓冲，其实与父母生活在一起也不过十几年。那十几年，我们是一座被精心照护的小山，而离开故乡的这些年，终于能独立置身于荒野之中，任尔东西南北风，成为风的凝固态，成为那座最特别的山。山与山之间，隔着一段探寻自我，三观重塑，变化巨大的光景。

人身体的每个细胞，间隔七年会重新换一遍，我们早已不是当初的我们。我们经历过思想的匮乏，情绪无处发泄，又要接纳身体里膨胀的自我，那些逆耳忠言劈头盖脸地降临，让我们成为一个社达（社会达尔文主义）的、残酷的，同时也是体面的、善良的矛盾综合体。生活中徘徊的振奋和沮丧，像是一场幻梦，醒来后，还是要自己擦干眼泪。

以上种种，父母都没有参与，他们也很难理解，这不是靠耐心沟通或者一腔孝意就能解决的问题。

这个世界，会越来越尊重和看见每一个特别的人。但父母看不见特别，你说人要有自我，他们听不懂，因为他们的一生都在为环境让步，为别人工作，为别人考虑，有了你之后，只会围着你转。你继续说要自由，他们会跟你讨论结婚；你不结，他们说那你自由个什么劲儿。你连爸妈都没有解决好，还谈什么理想和自由？

追求自由这件事本身就特别不自由。

与我妈印象很深的一次谈话，赶上我情绪低迷的一段时间。屏幕显示已经聊了四十分钟，话题重复着我爸不爱收拾家务的毛病，还有哪个低情商亲戚又说了什么不动听的话。我实在忍不住打断了她："妈，我们接起电话到现在已经四十分钟了，我没挂电话，是因为觉得与你联系少了，我们是需要彼此分享生活的。但你有没有想过，这些东西你已经跟我说了很多次了，你要么就解决它，要么就接受。我不是超人，我真的没有义务当你情绪的垃圾桶。"

那场谈话结束后，我呆坐在沙发上，等来了落日。四周光线消失，原来看着黑暗降临的过程，感觉是如此糟糕。父母偶尔会用让我们烦恼的方式，提醒我们内在的不足和拧巴，我看着窗外的点点霓虹，伴着巨大的失落感，给自己煮了碗饺子，最后吃不下，都扔了。

书上说，身为父母、配偶、被爱之人的你，别让你的爱成为黏合的胶水，而是让它成为磁铁，先是相互吸引，然后反过来相互排斥，以免那些被吸引的人，误认为他们必须黏着你才能活下去。

这其实是一种伤害。

人人都要渡河，水花溅起，千灾百难，真的够累了。有权利让你开心和难过的，只有你自己。所以你的边界、你不想被打扰的生活半径、会伤害到你的言论，明确告知父母，甚至奔着你们会大吵一架的目的去说。场面或许难看，但爱就是一场磕碰，如果他们爱你，即使永远不理解，也能看见你的态度。

你是谁，亲自告诉这个世界，而不是让别人告诉你。即使是最亲近的人。

调教的最后阶段，既然无法选择父母，就选择放过自己。

我妈天性比较负面，一件事到她身上，容易往坏处想，她也常说自己嘴笨，总是口是心非。最戏剧性的一次，还在我面前掉眼泪，说自己是个失败的妈妈。我捂住她的嘴，说："妈，戏过了。"

我爸是另一个极端，过分乐观，从前做过领导，喜欢指导别人，总怪我堂妹太内向，我说："不能因为你外向，就不允许内向的人存在吧，敏感的人后来都成了艺术家。"

我特好与我爸开杠，在日常生活中斗智斗勇。他在家庭群里转发专家言论，我就发辟谣帖；他连给我发好几条亲子的抖音，变相催婚催生，说父爱如山。我回，"好大的山，就像你，沙发一坐，一动不动"；他说人要做好计划，我说人的痛苦就来源于自我规划，因为最后发现计划都实现不了；他总拿自己年轻的遗憾说事，说要抓住机会。我说其实不是你错过了机会，而是机会对你喊了很久，"来呀，抓我啊"，可是你的手根本伸不过去，还没有抓住那个机会的资格。人间真相就是，你抓得住的，叫机会，抓不住的，叫想太多。

我爸杠不过我，往家庭群里连发好几张他们的公园游客照，试图转移注意力。我点开看，每张放飞的丝巾底下，是眼睛都没睁开的我妈。他绝对是我妈的头号黑粉。

我性格中的明媚与忧伤，在了解他们之后越发清晰，父与母的完美结合，成了我现在的终极拧巴。陈奕迅那首外向的《孤独患者》，听到耳朵生了茧，唱的就是我。

再强大的外力，在基因面前都要俯首称臣。

近几年"原生家庭"这样的词被频繁说起，好像所有的性格缺陷和不幸福的归因，都可以推给原生家庭。我们每一个过不去的坎儿，情绪的结节，都对应着童年时他们在身心上留下的痛处。

我见过真实的受困于原生家庭的例子，最残忍的，莫过于要接受父母其实真的不爱你的事实。那道血淋淋的裂缝，日后靠再多的爱和歉意都无法填补。

我悲观有时，剖析自己的时候，也想从父母身上找原因，但我这年纪都已经可以自己组成新的家庭了，还从原生家庭找原因，着实有点不要脸。

其实想想我还是很幸福的。时代收起了父母那一辈从小对爱的想象，于是他们略过所有修辞，将幸福用白描的方式书写。如果我在他们的作文里，加上爱的比喻，尊重的排比，逗号是凝望，句号是理解，其实通篇就是一封情书。

原生家庭的因无法更改，但是果，可以接住，尝试扔掉。每个人都值得拥有自己的人生，从前的你格物致知，克己复礼，经过了太多小心翼翼的试探和反思，该成为一个不要脸的大人了。

二〇二二年的记忆很混乱，归功于生活的一地鸡毛吧。可叹又可笑的是，我与父母就见了两次面。一次回成都，外公突然高烧病倒了，全家都在照顾他。那时药店买不了感冒药，只能去医院。发热门诊必须做了核酸才能进，前后折腾一天一夜，外公终于吃完药，在我家睡下了。那晚我们轮流照顾他，我爸累了一天，沙发上很快传来他的呼噜声，我妈坐在一旁的餐凳上，直直地望着外公房间的门，眼里已然没了神。我能感受到她余波未消的无助和慌张。

清晨，外公终于退了烧，我们在厨房忙碌，准备给他煮个养生粥。我爸洗着菜，笑着问我："今后等我们老到走不动路，你会不会这么照顾我们啊？"我开玩笑说："你们身体那么好，可能我比较需要你们照顾。"我妈举着铁勺，抢过话："说什么呢，别说照顾，就算现在是枪林弹雨，我也会拼尽全力挡在我儿子面前。"

一语成谶。第二次见面，我的画展在重庆开展，他们来了，结果忙前忙后连饭也没和他们吃上。当晚与主办方庆功，喝到酒精中毒，吐到第二天，下床都困难。他们来酒店照顾我，喂我吃了药，我妈坐在床边，看我疲惫的样子满脸心疼，拨弄起我的头发。我也不知道自己怎么了，这一年身子弱了，白发疯长，全被妈妈看在眼里。她不停念叨着，儿子怎么转眼这么大了，好难过好难过。我是反矫情达人，说这是遗传了他们的少白头。

有些话，当时没有说出口，不想将外面世界的难处告知她，她解决不了，她只会睡不着觉。

我们很久没有这么近距离地观察过对方了，她眉间的川字纹还是好皱，脸颊的肉确实下垂了些，怎么就老了许多呢。我明白我妈说的难过，我们都在以对方不经意的速度衰老，只是他们快一点，身体一卸力，扶住了时间的肩膀。

养育一个孩子，最终是完成一场盛大的告别。

人类所有的想法和所有的行为，不是出于爱，便是由于怕。我们都在用自以为是的方式爱对方，也都在以互相推开的姿态，表达我们内心的害怕失去。

这些年我总以为见过更好的世界，试图改变他们的生活，后来我放弃了，因为彼此都不快乐。失去分享欲是散场的开始，但只代表你们共同看的电影结束了，不代表你们不会一起回家。

调教父母的"调"，是往一碗热汤里调味，淡了加点盐，咸了加点水；而"教"，是不断提醒他们，有一天你我都会老去，那时谁都可以离开他们，但我们一定都会陪在他们身边，喂他们喝完这碗我们共同熬了一辈子的热汤。

人是爱的容器。记得我爱你。

宇宙开花

敏感的人看见

只要将我打回一个人的日常里，
就像受过伤的小狐狸，浑身是怯。

与微姐吃饭。席间她打趣服务生，上菜的男生被逗得脸通红，他倒也大方，接住她的一招一式，氛围欢乐。我们相识多年，只要下馆子，微姐总能与服务生聊上几句。按她的话说：其实他们每天的工作挺无聊的，好不容易碰到一个造作的姐姐，他们开心，我吃得也开心。

我们常聚的餐厅，服务生见微姐来了，像是欢迎自家人，倒茶斟水，一定还有特别的甜品饮料相送。即使她本人不来，我与其他友人相约，服务生也会惦念一句："微姐呢？想她了。"这种征服陌生人的人格魅力，让我好生羡慕，尤其是听她讲那些相熟的老板分享开店的故事，仿佛现成的文学桥段。这些都是我极其渴求的带着烟火气的素材。

反观己身，在北京十年，老实巴交地摊开手，也掰弄不出一家熟稔的餐厅。当然其中有我喜欢的，可我就是个普通的食客。

这天，微姐与友人约在星级酒店的西餐厅。她到早了，点了一份主厨沙拉，吃了两口，叫来服务生，非常严肃地告诉她："请转告厨师，这份沙拉非常好吃。"

她欣赏那种将基础菜肴做出花样的厨师，一份再普通不过的沙拉，有菊苣、生菜、碧根果、青苹果片，搭配上蓝纹奶酪，绽放出奇妙的层次。主厨亲自出来道谢。微姐又赞美了佐食温热的沙拉酱汁，似乎碰上懂行的食客，主厨津津乐道这是大蒜煸过的橄榄油，再用无糖酸奶、烟熏甜椒粉、百里香调制，才有了奶油一般浓稠的质感。

两人相谈甚欢，主厨一定要送她吃的，端上来好几道新菜，微姐直接给它们起了名字。主厨欣喜，决定日后的新菜都免费为她开放。最后朋友来了，见这一大桌的硬菜，感叹不已，配上刚才美妙的故事，免费的佳肴更香了。

诸如此类的插曲还有很多，微姐从不吝啬夸奖他人，在我们的文化语境里，有时候赞美也需要勇气。我跟着她吃遍大小餐厅，一路享受额外惊喜，也一路观察她与这个世界交谈的方式。

在北京有一家我们常去的日料店。我的性格，只要能订到包间，一定坐包间，微姐则喜欢坐吧台。我身上所有能一眼看穿的外向，都用在了与职业有关的场合：做一场演讲，面对上千人也不紧张；开会的时候，嗓门一定最大；大小的社交场合，与人推杯换盏，处处是沟通的艺术。与熟人在一起，我负责活跃气氛，但只要将我打回一个人的日常里，就像受过伤的小狐狸，浑身是怯。

公交车喜欢坐在最后一排，一人食选在离人群最远的位置，只要别人不联系我，自己从不主动。能打字沟通的绝对不发语音，电话是死穴，常讲不利索，预约餐厅也紧张。害怕两个人同处一个环境，也害怕聊天时突然陷入安静，狼狈找话题的样子最让我恐惧。说话的时候，直视对方的眼睛时我会不自觉地躲闪，连与家门口的快递小哥沟通都不自在（如果有与我类似症状的，隔空握手，让我知道自己不是一个人）。这与社会地位或者年纪都无关，也与自卑或者自负无关。单纯就是那些偶发的尴尬，在与人交往时，见缝插针地出现。

微姐坐在吧台上，有一搭没一搭地与厨师聊天。日料店吧台区域并不大，她不见外，永远有放浪形骸的笑声。她注意到邻座有个落单的女生，拎包放在一旁的空座上，应该在等人。

她向服务生要来一个空杯，倒上清酒，递给邻座的女生，问道："能喝酒吗？喝一杯。"

女生很愉快，她说："我刚进来就看见你了，你穿的是 Sacai（日本服装品牌）吗？我很喜欢这个品牌。"

微姐打趣道："你看，怪不得就想找你喝酒呢。"

这已经是她在这家日料店里，与陌生人喝酒的第三个故事了。我是一个敏感的人，因为爱恨都很强烈，放大的感官情绪对创作有用，能与文字共情，但作用于生活，将我固定在同一家日料店的吧台场景中，我连向邻座伸出酒杯的勇气也没有。因为在这之前，我已经预设了一百种对方如何反应的情景。

我害怕被拒绝，索性也不主动示好，想要不失望，那就不抱有期望。

与微姐分享这个心态，她说自己其实也敏感，不过相较于我，是另一种敏感。她老早就注意到那个女生将手机拿起又放下，这家日料店位子难订，女生的饭友迟到，女生占着座，肯定多少有些尴尬。她并不是想要与每个陌生人交朋友，她只想让大家都开心，尤其是有她在的场合。

我问她："如果对方拒绝你了，怎么办？"

她回："那就拒绝啊。"

"可是你本想向对方传达好意的，难道不会难过吗？"

"那这份好意并没有消失啊，至少我开心了。现代人就是容易想太多了，过多去揣测对方想什么。就像谈恋爱，焦点应该是你的感受，对一个人心动，你想要做什么，这个才是重点。当然如果你就是很难堂而皇之地主动与人建立关系，那就暗恋吧，那就好好吃自己的晚餐，管隔壁坐的人是谁呢，关键是自己舒服，不要有压力。"

有句话说得好：因为我对这个世界来说不重要，所以我最重要。

这几年凭空冒出了很多关于社交的高级词语，社牛社恐社杂社懒……看似在分门别类，给每个人找归属，其实更是说明社交具有不确定性。人的性格复杂且流动，我们其实是多面的，不必主动给自己贴上标签。

那些在社交场合里游刃有余的人，多数在人群里扮演着引导者的角色，但往往可能会承担着更糟糕的感受和结果。其实很多社牛的人，他的背后或多或少都会有一点社恐，更多时候，是强迫自己外向。就像微姐说她也社恐，恐惧沉默。如果在一个社交场合，没有人说话，她反而难以自处，所以不停输出，搅起话题的旋涡。当然也会累，但聚会结束后，有人回味这个夜晚，有人记得她侃侃而谈的样子，还有像我这样的人，用铅字记录下她有趣的故事，也算是聊以慰藉。

社会给我们最初的试炼，就是不可避免地进入陌生场合，大到新的城市、集体活动，小到被拉进一个包间、一张饭桌。虽然我是可以与笔杆子共度一生的人，但也免不了参与群体活动，往往活动结束后的酒会是我最害怕的环节，出于礼貌不方便走，为此攒了不少憋闷。

一次品牌活动，与艺人同坐，现场没有我认识的艺人朋友，又忘带手机，只得用余光尴尬地看他们碰杯，听着那些我无法参与的话题。强撑了半个小时，脚趾都抠麻了。

一位现场的工作人员忽然蹲在我身边，说她看过我的书，我如果没有认识的朋友，可以与她聊天。这暖暖含光的善意，让我至今感激。

我身上不多的松弛感，都来源于很难勉强自己做不喜欢的事，但又不得不向现实低头，毕竟这个世界没有绝对正中全部喜好的工作，再好的工作大抵都是二八定律，八成称赏不置，附带两成的百爪挠心。

这样全是陌生人的场合，我后来经历过很多次，踩过那个敏感的门槛，稍微游刃有余了，再看到与我当时年纪相仿的人，他们也会紧张不安，不怎么说话，就仔细听着，其实反而观感甚好。因为过度表达与油腻也就只有一线之隔，紧张反而显得真诚。没有人会嘲笑真诚。

每个人都有与世界特殊的交谈方式，每种性格都是好事，只要你自己认定就行。你的敏感，可以与世界共情，可以更快地认识自己，可以哭的时候尽情哭，快乐的时候没有杂念地享受快乐，被伤害难过到尘埃里，爱一个人时全宇宙都开花。人生就是一场体验，敏感的人，自带双倍 buff（效果）。

那些与人相处时微小的恐惧，更像是一种看不见的分寸感，给予我们一个非常舒适的社交距离。不需要一上来就热络，而是两个人一点一点地建立起信任，两颗心彼此走近，每靠近一步，就是一步的欢喜。

像是一曲合奏的交响乐，或是跳完一场探戈，互相试探，互相触碰雷区，然后眼睁睁看着对方建立的高墙，因为彼此不太娴熟的攀谈而终于裂开一道缝隙。或许我能横冲直撞去到你心里，也或许向前走了几步，你看见我走过来了，却没有要迎接我的意思，那我就会停下来。

这很像上学时换到一个新的班级，从开始的无所适从，到自我介绍的生分，再到相处几天之后，终于越过障碍，有人能成为挚友，而有人仅仅是记忆里的同学。

有句话怎么说来着，两个人一旦走进深处，人与人就是相互的迷宫。

成人的世界，有一种体面，就是保持点头微笑，互相介绍名字，最多介绍星座，然后结束交流，各自埋头玩手机，谁也走不进谁心里，但谁都感觉舒适。

未来很多年，我也许还是很难向邻座的陌生人示好。但如果有人向我递来一杯酒，请放心，我一定不会拒绝你的好意。

还要孤独很久

怎么什么话都让这群男人说了，
姐没工夫陪他们玩。

爱情故事愈发难以取悦自己和他人。就像写这本随笔集，太多话题可以叙述，行至此，才想起该谈论爱情了。

过去十年间的写作题材，大体都围绕爱情，或者说关注人们的情感连接。爱情一直在我心中留有神圣的席位，毕竟只要爱情出现，它绝不会允许人与人之间显得苍白。

出版过的书名一字排开，甜到忧伤，这当然与时代的语境有关，心脏中心的花园生出的第一朵玫瑰，我们都需要有人欣赏和采撷，填满世界，占据时间，赶上邂逅。但是说实话，已经写麻木了。

我这几年也鲜少看爱情故事，即使自己作品改编的第一部电影，仍在青春纯爱的圈子里打转，但过程中的变数带给我很多思考。过去因为压抑的生活环境，对有些人来说，进入一段亲密关系，是一个逃避的出口，但现在很多网生代的年轻人已经不在乎了。

从前喜闻乐见的情节，放在现在并不奏效。为了喜欢的人放弃出国读书，高考少写一道大题，得了绝症故意推开所爱之人，只想对方好而做出很大让步，这种不从脑而从心的原始冲动，本是爱情不加修饰的白描，剥开情感这个洋葱最珍贵的过程。现在，因为社会永动机的驱使，人们更关注高效的生存竞赛，价值排序自有一套严防死守的逻辑体系，爱情早已退居后位。

那些幼稚的行径被称为恋爱脑，谈恋爱的人都在极力避免。若是重回十八岁，去他的为爱发电，没有任何人能阻止自己飞黄腾达、搞钱要紧的决心。

我在爱情中是被动选手，心就像是年久失修的接收塔，不会释放信号，只会等待过客的主动问询。小时候谈恋爱，分辨不出噪声，对所有虚情假意等而视之，以为只要与人在一起，就可以得到自己想要的那部分，结果却丢了自己。

看过我书的人，都以为我是恋爱高手，众人皆醉我独醒，总能对情感话题高谈阔论。可惜不过是掉书袋子。写故事用一些私人经历，他人讲述，加上虚构的包装，时间久了，再翻看某些桥段，甚至分不清哪些是真实的，哪些是不着痕迹的幻想。

这些年我为了写作，索性将自己打磨成一个漏斗，听得多，看得多，筛选着别人爱的残羹冷炙，在书中盛满爱意。有个"母胎单身"的朋友，一直是我们重点关注的对象，大家都为她着急。她从小被家人当男孩养，几乎没穿过裙子，童年的箱子里只有玩具车，在家人面前得不到任何恃宠而骄的机会，没被宠爱过的人，连撒娇的能力也没有。

她重感情，正义感十足，会为了班上受欺负的女生，操起板凳与男生干架。在三十岁生日当天，她轻信诈骗电话，瞒着所有朋友，配合"警察"侦破诈骗团伙，最后被骗光了家底。家里人安排的几次相亲，一次碰上研究区块链的大哥，她来了兴致，两人聊了一下午的区块链和 NFT（非同质化代币）；一次碰上各方面都对路的绅士，两人相见恨晚，她用一顿饭的时间将男方聊哭了，直接跟她出柜，变成了姐妹。

她的经历写多了都显得假。这样的奇女子，我们断定是原生家庭的影响，成了困住她的业障。谁承想，她竟突然谈了场恋爱。对象是她的健身教练。

她其实很会恋爱，教练比她小十岁，女追男。教练弟弟说他在上课，她专程守在他必经的员工通道，给他分享一首周杰伦的《等你下课》。打听到弟弟喜欢林俊杰，不知上哪儿搞了一套签名专辑送给他。她有潮男恐惧症，但只要教练弟弟穿着新买的花哨衣服，对潮流收藏津津乐道，她就托腮看着他。

她说，男人就是要多托腮看，他才会进步，老是骂他傻子，他真的会变成傻子。

那时弟弟还有个"剪不断"的前女友，那前女友听闻他们同居了，大清早来家里闹事。我朋友不动声色地出现在客厅，看了眼门外的他们，给女生倒了杯水，说："进来吵吧，邻居们还睡着呢。"

弟弟彻底被驯服，成了忠犬系男友。

故事的开始稀松平常，她走进那个商场，原本只为了吃一顿晚餐，走上四层，有个弟弟拦住她，向她兜售健身房的减肥课程。后来的故事，她仍然圆滚滚，弟弟也光荣地变胖了。

爱情的一万种日常想象中，排除那些精致的修辞，就是一个人吃饭，变成两个人吃饭。

姐弟恋上演至第三幕，碰上共同的灵魂黑夜。女方足够独立，男方倍感压力，女方有生孩子的打算，男方幼小心灵负不起责任，这段感情不了了之。

这些年，我这个女生朋友经常在朋友圈分享日常，我们高度赞同她这种一个人活成一支队伍的丰富生活，但也劝过她，应该释放一些"请来打扰"的信号。她当下没回应，其后越发嚣张，一日发个十条八条，即使是待在家里那段时间，也疯狂晒自己写的书法、养的绿植、盘的手串。隔离都隔成老艺术家了。

有一天她说，其实她早就想通了，都说男性会对社会地位超过他们的女性感到恐惧，这会让他们的自尊心受到伤害，所以这些男性更倾向于找比自己弱的女性，来获取某种精神上的成就感。好像不及他们的女性能正眼瞧他们似的。怎么什么话都让这群男人说了，姐没工夫陪他们玩。

她也不想要孩子了，不想为了除了自己的任何一个人费劲了。

那一刻我明白，其实很多恋爱问题不存在解题思路，唯一的正解就是自己想不想。

爱人的能力是长在我们身上隐形的翼，天生就有。或许不存在不会爱，只是还未出现那个你愿意爱的人。当那个人来得猝不及防时，温柔的风穿堂而过，春来一季，心生欢喜，过往困住你的所有问题都不再是问题。

爱的滤镜会让人陷入一种短暂的痴迷与振荡，我们都曾独自对抗世界的艰难，无比盼望有个人能够带自己从社会的排位赛中全身而退，陪你去看一朵花开，和月亮彻夜长谈。

没有爱，但也必须承认爱挺好的。尽管人类以爱之名使其千疮百孔，但爱本身并无罪。

很大程度上，我不相信进化论。我无法将人类与灵长类动物相提并论。多少个饥饿难耐的深夜，我躺在床上斗胆向达尔文诘问：为什么晚上会饿，早上醒来就不饿了？既然人类沐浴在进化的长河中，基因优胜劣汰，不需要的尾巴能退化成尾椎；为了散热全身褪去的毛发，精准留存在几个奇怪的部位；连象征思考的松果体，都封印在我们的印堂之下。如此聪明的身体，明知道晚上吃多了会胖，早上吃多了可以消耗，那为何不把这样令人费解的肠道机制进化掉，早晚互换个速率就好了，享受夜宵，睡觉自动消耗，长胖与我无关（不要试图向文科生解释生物知识，我就是单纯抗议）。

就像爱情的时差，设计分明不合理。年轻人面对爱情和事业总是两难，在事业面前，爱情往往退居后位，可矛盾之处，恋爱在年轻的土壤上更旺盛。如果上帝造人之初，参考一下《本杰明·巴顿奇事》，先以老年和中年之躯创造财富，再以年轻的身体去爱人，那时我们拥有一生的智慧，能够妥帖地安放爱情，结束在最好的青春。

想远了。

人生到处知何似，应似飞鸿踏雪泥，先一个人对抗日常吧。无节制地打嗝放屁，因为一部剧流十升的眼泪，化一次悦己的妆，开一瓶不会散场的酒，在电梯间与邻居尴尬地沉默，关心蔬菜价格，对藏在巷子里的苍蝇馆子一见如故。感受狂风雨雪，用城市的戾气写诗，日落而作，日出而眠。

最懂得爱的人是那种以自我为中心的人。

社会学家说，人类慢慢摆脱物质贫乏以后，就会越来越追求纯粹关系。或许吧。Siri（苹果手机语音助手）还是要叫几次才能唤醒，它根本无法听清楚人类的指令，距离人工智能毁灭人类的路途仍很遥远。电影院的爱情片里，男主角又死了。人长大了，喝酒都会吐了，有点丧。仍然没暴富，那个人也还没出现，大概我们很多人还要孤独很久。

念念不相忘

既然念念不忘，不如勇敢一场。

这两年写东西不像从前那么顺畅了。思维容易跳跃，经常上一个段落还没写完，下一个情节就滚进脑子，不得已回车另起一行，满篇像是破碎的玻璃碴，结束再缝合粘好。写随笔也是，尤其将回忆抽丝剥茧，手上打字的速度跟不上复现的记忆，生怕错过了什么细枝末节。

写作变成盖房子，先搭好骨架，再砌砖。我也摸不透何来这样的变化，或许心不定，人浮躁了，也或许这两年频繁与剧本打交道，梗概、大纲、详纲，一稿二稿……每一步看似都是创作，跨界的伤筋动骨可能还是要付出代价。

想想是有些后怕的。

这两年陆续有旧书版权到期，需要再版发行，修订的时候回看当时的行文，不论是稚嫩的观点还是夸张的情节设置，多少有点脸红。或许这也是身为写作者的福气，时代不会记录你，但你的作品会。何况那时的简单和真挚现在再也写不出来了，写不出来不难过，发现身上这些特质也失去了才难过。

回看当时的书，从前写作速度之快，一天可以写近万字，就像创作《我与世界只差一个你》那本书，过程灵感不断。那是第一次写虚构小说集，很幸运，它让很多人认识了我。

那本小说中，《念念相忘》是我和读者都很喜欢的故事。构思之初，难得的是先想好了篇名，才有的故事。像被神灵执手，一气呵成，好像我认识故事中的人物许久。虽然称不上云霞满纸，字字珠玑，但私心觉得情感缱绻馥郁，人物有魅力，算是让我自信上分的作品。

即使这么多年过去，无关乎写作水平进步与否，看过多少爱情，自我感觉羽毛丰满，但再看到这个故事，仍然会被打动。

女主角叫许念念，男主角叫杨燚，人称"四火"。许念念是瀑布，飞流直下三千尺，三寸毒舌，生人勿进，是个不好惹的姑娘。杨燚是火柴，点燃后气势汹汹，轻轻一吹就熄灭了，同学们眼中的混世魔王，其实是个中二的纸老虎。两人冤家路窄，棋逢对手，对峙的荒唐，让青春一刻不得闲，相爱后又之死靡它。

我们十几岁喜欢一个人，往往自己都不清楚原因。或许是一次偶然的四目相对；或许是看到了球场上他仰头喝水时滚动的喉结，看见她站在教室窗前逆光的发丝；或许是在楼梯转角的一次意外相撞，是走廊扬起的粉笔灰制造了一场浪漫。总之就是突然有一天，像拥有了超能力，能在人群中一眼瞥见喜欢的人，那一瞬间，好像就与之过完了一生。想要永远赖着，想念着，心里晴日当空，身如缓缓穿堂风。

这个故事问世没过多久，就签出了影视改编权。从文字到电影的过程，好似一场心事重重的旅行。经历了岩井俊二的监制，主创团队从上到下的换血，无数次于公开场合宣布的开机消息，好几次以为要走到终点了，最后仍处于漫漫长夜之中，辗转反侧，充满变数。以至这些年懂得的最大的道理，就是卸掉期待。

或许是这两个人物在冥冥中操控着缘分，提醒我要等，等一场方兴未艾，一切是最好的安排。终于遇上现在的主创团队，从剧本创作到沟通，再到确定演员和拍摄，整个过程都非常顺利。

第一次见到饰演许念念的演员，是在电影公司的会议室。本人更显小，肤若凝脂，舍不得定眼看她太久，怕眼光会从她皮肤上穿过去。她话不多，更多是听我和导演讲人物，扑闪着像鹿一般的眼睛默默观察，黑色的瞳仁稍一专注，故事感就止不住在眼睛里弥散开来。

她是个能装下心事的姑娘，如同我想象中的许念念，带着一抹超脱于年纪之外的隐忍，才能做到故事中的如若永不相见，便永远相思。

会面结束，"念念"想去楼下的书店逛逛，导演和制片人带路，我也跟上去，她回头问："你为什么要去？这是女孩们的聚会。"我一时愣住，竟然接不住她的包袱，她粲然一笑："逗你的啦。"

我心爱的毒舌念念瞬间有了模样。

与"四火"见面之前，没想过他身上的中二属性这么强悍，他是那种我们参加发布会时，会忽然可怜兮兮地问工作人员，共享单车忘了锁该怎么办的人。

我们拍角色定妆照，剧情需要他穿裙子，服装老师给他搭了各种风格的裙装，一米八五的大高个儿，腿毛抢镜，他全然不在意，拍得不亦乐乎，我在一旁扶额狂笑。结果晚饭的时候，他说演绎四火最大的担忧是觉得自己不够外向。

他对自己的误解太深了。当晚我给他写了一封信，信里讲了人物小传，让他认识自己，同时也更了解四火。信的末尾，我写道：人生长长短短，结局其实都一样，你停留在最好的青春，可以让别人只记得你横冲直撞，傻里傻气的样子。羡慕你不用长大，必须要面对现实的柴米油盐，也羡慕你可以拥有一段经过很短，怀念很长的爱情。

原著故事中，四火的离世，成了很多人心里的伤。曾经想过将他们的故事扩写成长篇小说，反复思忖，还是让他们停在这里便好。不承想后来的作品《最初之前》中，因为有时空穿越的科幻设定，竟有机会为平行世界的他们再次安排一场邂逅，与主角梦幻联动。

倒也了却自己和读者多年的心愿。

　　说心里话，其实我是 be（不完美结局）美学爱好者，尤其是悲恸动人的爱情故事。它像是一场来不及赴的约，狠狠拽在手中却逃走的气球，一天没浇水便枯萎的花，交会的同时又擦肩而过的列车，爱的细枝末节如此茂盛，却敌不过命运煎熬，阵痛于生离死别，绵绵无绝期。

　　永远都记得看完《泰坦尼克号》《爱乐之城》《男与女》等作品后，那种绵长的后坐力。只需要合眼，电影中的角色、片段、配色，昏黄的场景，更迭的四季，都成为一曲悲歌的前奏，萦绕在心头，念念不忘。

　　几年前做同名的话剧，四火的结局仍然抱憾收场，演员在台上哭，我在台下哭。话剧这个媒介很奇妙，排练和演出短短一个多月，形成强设定的封闭场景，情感高浓度来往。每天演出结束，我们就围炉喝酒，一群人喝得五迷三道，大半夜在上海的街头狂奔乱叫。不建议模仿，原谅这青春已逝的几个人，着实又感受了一次青春。

　　上海站的最后一场演出在跨年夜，那晚我因为其他行程提前离开了，半夜睡不着，给他们打视频电话，他们当然喝多了，念念含着泪朝我喊："我不想四火死。"这些年，我收到过太多这样的"责怪"，怪我太残忍，为什么要将杨燚写死。我解释不了，或许经历过极致的痛，才有极致的想念吧。

制作电影版的过程中，经历过很多次自我问询，如果四火活着，会怎样？小说的基调是悲伤，距今已经出版多年。这些年，世界的生灭变化让情感不安定，成住坏空，我们所有人都经历了熨平褶子又填进粗砂的过程。谁都指望被时间宽宥，重新看见爱里的光。

如果电影版换一种底色，我们不聊遗憾，聊勇敢，聊可能，许念念和杨四火以他们真挚的爱，共同打捞下沉世界的我们，也不失为这么多念念不忘里，收到一抹来自同温层的回响。

这篇随笔出版时，不知电影是否上映，不多言，在影片里寻找答案吧。

拍《念念相忘》是我第一次完整跟组，每日早出晚归，像极了上学。那些所谓社恐、内向、独立能力差的矫情，丢进剧组环境都被悉数治愈。所有人各司其职，没时间敏感，焦虑只允许独自消化，只要见面就是马不停蹄解决问题。剧组就像一台精密的仪器，每个人都是一枚齿轮，导演喊出"action（开始）"的前前后后，齿轮严丝合缝运转，谁停了都不行，谁都重要。

我是个靠咖啡续命的人，茶水间的小姐姐在咖啡店工作过，我每天出工都能拥有她做的冰美式，杯子上还贴着笑脸的贴纸。她多才多艺，在板子上画画，再配上两行手写情话，每日都不重样。

我们的剧组帐篷里，制片人们辛苦地蜷在一角赶着工作，导演在监视器前确认回放，她眼神温润，见每一个演员都是爱。摄影指导嘟囔着嘴埋汰我，说旁边的零食箱都快被我吃完了，也不见我长胖。亲爱的念念在白板上给我们画卡通人像，所有人都好看，唯独将四火画成了土财主。四火与她斗嘴抗议，说白瞎了他这惊天动地的帅气。还有配角路望和向语安，正偷摸在念念身后举着写有"生日快乐"的小纸片，这是花絮宣传团队给念念生日安排的惊喜。

回忆是最好的胶片，我看着他们，用尽全力定格回忆，待到日后若有消沉时刻，便摊开这岁月静好，将其一眼辨认。

想起那一个多月的相处，情绪丰盛，花絮非常多。有一场医院的戏，四火要将念念推到病床上。开拍前走戏，我们研究四火要怎么推。作为观众，我们当然抱着吃瓜心态，希望这是一个暧昧的打点，结果傻四火像是丢包袱一样，做了个空气假动作，随手一抛，贱嗖嗖一声"我去！"，大家伙当即爆笑，他绝对是恋爱新手。

四火身上还留有难得的单纯，会蹲在地上一动不动观察蜗牛，听到随身听里窜错的信号，吓到失声尖叫。智障儿童欢乐多，贡献了太多笑点。

与那边的傻乎劲儿相比，念念的几场情绪戏让我印象深刻。念念与四火重逢，听着耳机里四火给她放的歌，剧本层面就写到这儿。其实她只要表演听着歌就可以了，但她偷偷看了眼四火，赶紧转回头，眼泪不自觉涌出来，微颤着下巴，努力克制情绪，不想让男生看见。导演没喊停，她完全沉浸，与角色共情。终于再见到喜欢的人，怎么忍得住眼泪？

念念有好几场厉害的哭戏，每一条表演都动人，身体有无限能量，仿若是情绪的容器，眼泪是最小的海。只可惜因为时长，成片或许无法全部保留。有幸在监视器前看见这些演员的魅力，个中感受，就独自收藏吧。那是与文字世界全然不同的体验，写下的字是魂，而表演是灵。

当初写这个故事的时候，四火的那封告白信耗费了些时间，它太重要，逐字逐句都是真情实感。我执迷书信这件事，它有种返古的浪漫，在对方拆与不拆之间，形成关乎未来的薛定谔的猫，太有命定感了。所以几乎在我后来的许多作品中，只要涉及爱情，多少有会因为信、录音、笔记这样的介质，拉扯出一个或圆满或遗憾的结局。

如果许念念一早发现贺卡里藏的这封告白信，或许一切都会不一样。可正是因为顷刻间的后知后觉，才能与过去形成对照，提醒自己，原来我们曾那么简单、善良、真挚。即便坠入谷底，也不必失落，至少我们被人深切地爱过，曾经是，以后也会是。

"我们首先应该善良，其次要诚实，再是以后永不相忘。"

故事落笔，像是水晶球里的雪花纷纷降落后突然静默的那几秒，温柔地结束灵感赐予的一切，这个故事就不再属于我了。

爱是现实世界的礼物，没有人会拒绝。你以为生活足够富足，误以为自己不需要爱情，但拆开礼物后还是会被击中。在与理性永恒的冲突中，爱情从来没有失手过。

"相爱"是个美好的词，它有一层互动的韵味，需要两个人完成。你一个人独行，总会关注自己的不堪，但爱你的人出现，就会看见你自己未曾发觉的所有阳光的瞬间。你们也会共同面对脆弱，当爱人在你面前掉下眼泪时，你会如何回应呢？你一定会忍不住抱住对方说："即使全世界都离开你，我也永远不会。"

相爱的人，就是抵挡不住想要永远的念头。尽管你们都能预料，所谓的永远，可能抵不过一次争吵，一场变心，一次别离，但仍愿意往时间的洪流中扔下铜板，下注此刻的喜悦。

我们都太需要爱了。

古希腊哲学家赫拉克利特说："人不会两次踏进同一条河流，因为流向你的水永远是不同的水，而第二次踏进河流的你也不是过去的你。"哲学是不是限制了我们的自由？管他第几次呢，反正我们一定会迈入河流。

电影里，我们有一个很重要的桥段，男女主角穿着宇航服在宇宙中浪漫航行。两个人如小小尘埃，却因为有爱，在宇宙浩渺的背景中，成为最亮的天体。

相爱吧，终有一散的人们，世上没有无缘无故的相逢，既然念念不忘，不如勇敢一场。

虚构爱情故事

介绍一下梁先生与赵女士。他们相识于大学新生报到的第一天，排队领军训服，梁先生站在离赵女士不远的地方，一眼就瞧见了她。有点异域的长相，比其他女孩子高出不少，举手投足间像有魔力，能将她四周的空气蒙上水果味的清甜感。

梁先生取完衣服，回身见赵女士竟然站在自己身侧，应该是在等人。他们几乎平视，梁先生一时紧张，脱口而出："你怎么这么高啊。"赵女士瞪着眼，上下打量他："你谁啊？怎么不说是你矮啊。"

意外的开场，成了梁先生每每想起便生理不适的噩梦。人生几多尴尬时刻，唯有那处画面，值得他轮回几生，也要将其覆盖搅碎，彻底销毁。

梁先生的宿舍楼是校园主路的第一栋，同学们日常都会经过。他偶尔能碰见赵女士，但初见的误会让他不敢抬头，只能假装与室友说话，用余光偷偷确认。好几次他们错身而过，赵女士并没有任何反应，想必她早已忘记那段尴尬的插曲。也是，漂亮美人缺失的大脑，或许只是海马体里无须存放的垃圾。

梁先生不太合群，整日只与几个室友混迹在一起。同学们用QQ，他用MSN（聊天软件），最火热的人人网，他也少玩，反而更多用校友网。喜欢的电影重复看，音乐播放的列表还是中学时听的那些专辑。方大同的《三人游》一天内循环外放了三十多遍，正在泡方便面的室友龇牙咧嘴地转着火腿肠的铝扣，耳朵生了茧，终于崩溃。

一日，梁先生在校友访客列表里，看到了一个熟悉的头像。他当然知道头像的自拍照是赵女士，心脏不住乱蹦，忐忑地回看了赵女士的主页，大胆给对方发了站内信。

赵女士回复了。她也不喜欢从众，校友网熟悉的人少，地方清净，更有写日记的感觉。她有人群恐惧症，最怕站在城市步行街的中央，面对海水般涌来的人群，深感窒息。还有一样事物喜欢的人越多就越讨厌的逆反症，人人趋之若鹜的东西，她宁可延迟满足或者不要，也不想赶当时的热度。

梁先生与赵女士通过一来一回的站内信，相见恨晚，一拍即合。

梁先生约赵女士去市里吃火锅。这算是他们第一次单独相处。提起开学时的冒失，梁先生夹给她涮好的毛肚，当作迟来的道歉。

赵女士回送他一块酥肉，说："彼此彼此，当时我也嘲笑你矮来着。"两人保持客气，买单的时候，赵女士非要AA（平摊费用），梁先生解释这是他约的饭，赵女士粲然一笑：你约我出来是你的事，我付钱是我的事，很公平，谁也不欠谁。

两人推搡间，以梁先生没拿稳手机，掉在地上碎了屏告终。

从手机维修店出来，过了饭点，路上行人渐渐多了，他们理解彼此的不适，赵女士指着对街一家KTV的霓虹招牌，问他："喜欢唱歌吗？"

他们订了个小包，不间断唱足了四个小时的歌，保持一人一首的频率，碰上那些脍炙人口的，还深情对唱。赵女士歌唱得动听，就是架势太放肆，起初还老老实实坐着，后来索性脱了鞋踩在沙发上，唱高了直接站上靠背。梁先生胆战心惊，在一旁作势保护，视线停在她身上，不敢移开半寸，灿烂的灯光漫射在他深色的瞳仁里，不小心透露出心底拨弄的那个爱意盈盈的魔方。

在梁先生从前的认知里，KTV都是用来买醉的，再不济，也是吃果盘来补充维生素C的，从没想过是认真唱歌的。

临睡时，梁先生给赵女士发了晚安，嗓子哑了，"晚安"二字说得跌宕起伏，赵女士笑着回复："安。"能互相道晚安，基本上就预示着陌生关系的松动，这两个字比"想念"和"爱"更接近于山盟海誓。

在聊天记录里，搜索"晚安"二字，出来条数最多的人，就是你最在意的人。

第二天一早，赵女士也哑了，不过她更严重，还伴随喉咙痛和咳嗽，应是染上了流感。梁先生抱着一摞胖大海、花茶和感冒药，守在女生宿舍门口，傻等着赵女士和室友出来。赵女士见着他，惊吓与惊喜之余，向室友们介绍梁先生，只见他呆愣地伸出手，没别的话，只会说"你好"，弄得女孩子们也局促地纷纷与之握手，俨然成了领导会面。

赵女士的室友们都说梁先生像块木头，喜欢拿他开玩笑。用梁先生自己的话说，木头也分品种的。赵女士笑言："没事，我五行属火，就缺木。"梁先生说："哦，你还挺迷信。"

朽木不可雕。总是在关键时刻，以一种双商直降的方式证明自己的真诚，梁先生木得完全不值得同情。有时候爱人错过，不能怪老天爷，只能怪自己愚笨，都给你作弊了，可你还是不及格。

赵女士在大一进了学校的流行音乐社团，梁先生有一手绘画的功夫，去了校学生会宣传部。前者经常在各大超市门口跑场唱歌赚外快，后者就是为他们这些社团活动画海报的无偿苦力。

赵女士报名了校园歌手大赛，其间有些焦虑，常拉着梁先生去 KTV 练唱。梁先生不懂乐理，在他看来，赵女士唱得已经足够好了。赵女士总觉得还不够，问他："你知道我是怎么进音乐社团的吗？"

"你唱得好呗。"

"我去面试之前，就知道我一定能进。我知道我好看，这就是我的通行证，没什么好谦虚的。但如果作为马戏团里那个穿得最花哨的小丑，因为吸引了太多目光到身上，就必须得更加努力，努力逗笑为你而来的观众，但又不能让别人觉得你太努力，因为他们不相信。哎呀，说了你也不懂。"

梁先生的确不懂，他只懂如何单曲循环一首歌，如何重复吃腻一家餐厅，如何一直喜欢一个人。

校园歌手大赛前，梁先生熬了个通宵画海报，比赛当天，赵女士上台，他带着两人的室友们举起巨幅海报，为赵女士应援。赵女士感动得热泪盈眶，唱至高音处，破了音，最后止步十强。

准备好的庆功宴照旧，赵女士疯狂灌酒，怎么都不醉。她做过那种吐口水的基因检测，家族就是有代谢酒精的本事，只能靠装疯卖傻买醉。更残忍的是，赵女士惊觉自己一丝难过都没有，眼睛猛眨也弄不出半点眼泪。梁先生以为她要哭，抢过麦克风故意破音瞎吼，逗得赵女士腹肌都笑痛了。

她好像知道为什么不难过了。

大学附近有一处政府废弃的游乐园，地上满是荒叶，旋转木马早已老化，海盗船弃恶从良停摆了，还有被推翻的碰碰车，孤单地躺在草堆上，变成路人的拍摄道具。游乐园深处有一节老火车车厢，车窗已经破碎，里面还维持着八十年代的布置，许多情侣和小孩会来这里探险。

梁先生和赵女士坐在车厢里，手机公放着金海心的《阳光下的星星》。赵女士轻声跟唱，托腮看着窗外破败的美景，梁先生乖乖在旁边坐着，不发一言。这样的安静时刻，在他们大学这几年光景里，发生过很多次。每次梁先生都在想，想带她去吃这个城市里最好吃的餐厅，想一直为她画海报，想听她唱歌，想就这样矮矮地与她平视，想他们即使没有在一起，自己也可以用朋友的身份陪她到老。她这样优秀的女孩，除了自我照顾，也应该有个最好的男孩来守护她。

"你有没有喜欢的人？"梁先生突然问。

"有啊。"赵女士看着窗外，回答道。

"我认识吗？"

"嗯。"

梁先生把他室友的名字说了一遍，除了他自己。

"木头，我们是朋友吧？"赵女士打断他。

梁先生沉吟半晌，说："我五行属傻狗，不缺朋友，我缺你。"

遗弃的旋转木马，通电是不可能了，但是靠人力，还是可以转的。赵女士坐在一匹掉漆的白马上，梁先生耗尽气力推动铁杆大步向前迈，木马转得最快的时候，梁先生跳了上去，吻上了赵女士的唇。

大四那年，赵女士要去英国读研。雅思考试之前，向来不迷信的梁先生翻山越岭去五台山求了张平安符，听朋友说许愿很灵，让她放在身上。赵女士问他："许了什么愿？"他很务实："保佑我女朋友雅思七分以上。"赵女士问："只有这个？"梁先生点点头："不能太贪。"赵女士说："你真想把我送出去啊？不怕我不回来啊。"

快乐的时光总是包裹着一层永别，赵女士果然没有回来。

大学之所以是成人社会给你的限定礼物，是因为四年的模拟人生结束之后，我们扮演的角色也结束了。这才看清人与人之间的分野，有人靠一点天赋就能走向人生胜利组，有人咬着的金汤匙在此刻正式发挥作用，也有人还要拼命努力，才能勉强不伤心。

而爱情作为作料，面对成人社会的修罗场，只能熬成一锅徒劳。

梁先生都不太记得他们有没有一场正式的分手，单纯是距离将两人拉扯出平行世界，而时间又制造了不同维度，横竖组成巨大的扳手，将一颗原本梦幻的螺丝，悄悄从身上拧开，自然地新陈代谢，落入无疾而终。

这些年，梁先生曾走入过一段婚姻，后来还是从围城里出来了，过去的林林总总让他变得愈发沉着，瘦削的棱角是知世故而不世故的宣言。

其实每一次心碎，都是心在重塑，离开的人是一个雕塑大师，在我们心上凿，渣滓掉落的时候，很疼。但不必害怕，因为人心是实心的，只有爱过的人才知道。

赵女士毕业后在英国做艺术品运营，最近刚回国发展，国内艺术土壤萌芽，机会众多。她空窗有几年了，不是眼界高，而是再也碰不到一个可以让她面对难过，并不难过的人。爱情是上天给予凡人的恩宠，即便只是短暂地与梁先生在一起，也因为被一个人真诚地爱过，滋养了接下来的一生。

某个平日，梁先生与赵女士在街头重逢了。多年未见，两人并无太多生分，只是与大多久别重逢的套路一样，需要互相交代这些年缺失彼此的人生。两人走了好久好久的路，终于到了赵女士的住处。

分别之前，梁先生说了声晚安，赵女士点头回应，转身，梁先生又叫住她，问："要不要再走走？"赵女士："还走啊？"梁先生笑："到了这个年纪，路是走不完的。"

夜已深，他们走在老街上，道路旁高大的法国梧桐撩拨月光，树枝互相抚摸，树影温柔地包裹起他们的影子，慢慢将其融于夜色里。到了这个年纪，应该只需要有个人并肩。

祝他们幸福。

184

故事写完了。

这一男一女，此刻就坐在我旁边。我原本只是挑了个明媚的天气，在这家咖啡店写作。奈何这对男女有一搭没一搭地聊天，让我有了兴致，写作者是下意识的小偷，很难不再多听一句。

他们应该是多年重逢的旧情人，男人现在离异，有一个女儿。女人有了幸福的家庭，计划今年要孩子。寒暄往事，没人提及不愉快。末了，男人准备接女儿放学，临别时，他起身与女人握了握手，动作绅士又古板，他说："很高兴见到你啊，那时候能喜欢你，我倍感荣幸。"女人大笑，优雅地摆摆手，随后独自在座位坐了一会儿，待杯中的咖啡冷掉，她也离开了。

男人的那句话萦绕在我耳边许久，想起自己的许多往事。

我放下写了一半的文字，另起一篇，决定为他们写下这个故事。虚构也罢，真实也好，回溯过往，一一告别，一一珍重。

爱呀

现代人对待爱情的直球态度，累了，不演了，爱谁谁了。

近日在做我的电影后期，因为题材是青春爱情，为了更靠近年轻人，于是做了很多时下爱情观的功课。

现阶段的爱情角力中，大家的爱恨都越发打直球。不过我还是不太喜欢那种穷追猛堵的示好，害怕不留余地的直接。看到好几个通过递字条这种温柔的方式告白的，这样对方做出的选择不受外界压迫，少了很多冒犯，反而让人很有好感。

看过的字条故事里，有几个印象深刻。女生乘飞机途中，空姐向她递来一个清洁袋，上面字迹工整地写着一大段话，是坐在前排的男生写来的。在飞机起飞前，他看到这个女生正巧拍下了她这侧窗外的夕阳，男生想冒昧求得女生的联系方式，希望她能将晚霞的照片发给他。如果不方便也没关系，顺祝生活愉快。

我们不傻，不必深究醉翁之意，晚霞不重要，看晚霞的人重要，难得的是惊鸿一瞥的温柔。我非常期待接下来发生的故事。

还有一个男生，在图书馆收到告白字条后，大方表示自己已经有喜欢的人了，尽管还没有追到对方，但还是想再努力一下，希望给他字条的女生，可以找到一个发光的人，因为她这么勇敢，星星也会碰到另一颗星星。

另一个女生，在食堂收到字条，添加了男生的微信后，直接拒绝了他。与他无关，原因是自己不喜欢每天回复信息，也不想为对方考虑，更喜欢单身自由的状态。

还有一段聊天截图，是一个困在暗恋中很久的女生，终于鼓起勇气告白，男生说其实他早就感受到了，问她："那我们还是朋友吗？"女生很坦荡，说："做朋友就不必了，我不缺朋友。"男生表示理解，各自祝好。

有人要开始接受难过，但这份难过，一定比未说出口的遗憾消化得快一点。

虽然你的花园不为我开放，但我经过时，闻过了花香。

所有的真诚汇聚在一起，我捧着手机，看着这些只言片语，情绪几度起伏。尽管不认识这些男女，但也觉得他们好可爱。真诚是可以被看到和感受到的，毕竟爱这个东西已经很烦了，就不要再互相浪费时间。

当我们开始爱情那一刻，其实每个人都选了一门共同的专业课。开始时赤手空拳，总想从对方身上获取自己缺失的部分，爱起来不给对方空间，恨起来不给对方机会。后来学会了理论知识，理智先行，我们尽量不让自己受伤，可是所有以不让自己受伤的姿态面对爱情的人，几乎最后都会失望。

到了下一个阶段，是"不会爱"阶段。就像科班出身的艺术家，学到的规矩成了表达的枷锁，比不上那些野路子的人来得自由。好不容易上前一步，多了，立刻缩回身子，谨慎地盯着爱人的动静，如果对方没有释放信号，我也就按兵不动。双方都不想输。

加缪在《局外人》里写："不被爱只是不走运，而不会爱是种不幸。"智者不入爱河，究竟是不想，还是不会？

终于，经历过几个错的人，我们在爱情这门课上毕业了，才发现有时候亲密关系更需要一个没有知识的荒原，将自己丢到野外去体验，往往比做好悉数准备要有意思得多。

所以我很能理解现代人对待爱情的直球态度，累了，不演了，爱谁谁了。绕了一圈看似什么都没学会，但爱的经历早已形成抗体，不再想那么多的前提，是因为足够不在乎。

我曾大言不惭地说，人啊，尽可能早恋，不保留地多爱，多受伤。就当参与一场游戏，喜欢是连连看，追求速度，而爱是玩魔方，考验耐心。当见识过牛鬼蛇神后，也就能筛选出真正让自己壮大且成熟的爱。爱的本质就是一种生命力量的叠加，但凡是消耗，其实都不是爱。

最好的爱情，是你拥有十八般武艺，但你愿意收起把式，只朝对方心上打出软绵绵的一记空拳。这时的出手，洒脱又自信，只为了开心。

我工作室那个将自己的客厅开放给沙发客的姑娘，近日收到一束捧花，是刚刚离开的旅客送来的。那个旅客与她年纪相仿，来北京是为了找异地恋两年的男友。

与男友共度了三天，第三个晚上，他们分手了。是她主动提的。

分手后，女生找到我工作室的姑娘，住进她家的沙发上，只带了一件小小的行李，几件换洗衣服，旅行装的化妆品，再无其他。她讲述自己的故事时轻描淡写，甚至说这趟旅行的目的，就是来分手的。她老早就决定要当沙发客，只给自己三天时间，与旧爱告别。

问她分手原因。她说："原因就藏在他每一次的敷衍里，藏在我排在他价值序列的尾巴上。不要什么都赖给距离，那些烂借口太假，我所感受到的忽视和不在意，才是真的。"

她不远万里来分手，只是想看看男孩口中更好的生活。北京太大了，他蜗居在一处小小的公寓，挤在闷臭的地铁车厢，填满写字楼的一处格子间，背越来越驼，脖子前倾，淹在人群里，没人听得见他说什么，仿佛就是咿咿呀呀的亚洲小黄人。

而她在桂林老家，过得比他好多了。一样的公园，一样的商业中心，没有那么糟糕的天气和心情。他能享受到的，小城也不差，选择虽然少了些，可焦虑也少了很多。

男生容易不清醒，还觉得地球围着他们转，以为天然掌握亲密关系的主动权。现在的女孩子，兴趣爱好广泛，独处可以追剧、看直播、听播客、DIY（自己动手制作）手机壳、织毛线包，家电坏了能找人修，孤单了养猫狗，想要热闹，也有姐妹们陪同。与这个世界交手，一刻也不含糊，注重内外保养，化妆是为了取悦自己，脸上打的针，挨的激光，是为了在每个年纪都飞扬，书店画室瑜伽馆健身房自习室，永远有勤奋的女性身影。人生账面一算，怎么看都比男性的基本盘更优秀。

提及另一半，其实她们也可以不恋爱的。追星很快乐，追番也很爽，一天换一个老公，电视里的，乙女游戏里的，纸片的，铁皮的，PVC的，亚克力的，她们早就不需要精神寄托，老了也有星黛露和玲娜贝儿，不像恋爱谈到最后，聊天记录里都只剩"晚安"。

一个生活饱满的人，才不需要一句瘦削的"晚安"。

沙发客女孩回忆与前男友刚在一起时，因为小区封控，拿错了外卖，误打误撞建立起联系。男生换回外卖，附赠给她一瓶可乐，这瓶可乐成了女孩特殊时期甜蜜的抓手。那时打开手机都是确诊的数字，小区何时解封迟迟未定，面对这场突如其来的疫情，像是过吊桥，当有人陪她一起走时，也不知道这突然加快的心跳，是单纯的害怕，还是萌生的爱意。

总之不管了，爱过就好，人生辽阔，不要只活在爱恨里。他们曾经没日没夜的电话往来是真的，拥抱的温存是真的，一起走过的微信步数是真的，分别那晚的叹息也是真的。谁先认真谁就输了，但是输了就输了呗，谁的人生还能全都是赢的啊。

爱情的结尾或许不忍卒读，但开始的模样都很甜。想起我的电影，在冬天取景，我们被困在天津的盘山路上，气温降到零下十几摄氏度，路面都是积雪，为了抢天光，精减后的剧组人员靠猛禽车队接了好几趟才能上去。设备受限，所有人都像在渡劫，同事冻到手抖，话都说不完全。我身上贴了十片暖宝宝，与导演窝在迷你的监视器前，呵护着我们心中发着光的爱情片。

接近下午五点，光线越来越弱，山间弥漫着雾气，故事中的角色恋爱了，监视器的屏幕上透着一层粉色的滤镜。即便我们都已然冷到呆滞，也看到了春天的模样。在这种极端环境和别人的幸福衬托下，也特想此时有一个人，让我可以拿起手机发过去一条：等我回家。

过去百无一用的深情，现在成了被批判的恋爱脑，过去一见倾心，现在权衡利弊，我们有多久没有好好恋一场爱，而不是谈论一场爱了。

忘了在哪里看到的，说爱情本就是一种精神疾病。爱上一个人，就是会不受控制地感到炙热，失去理智地变得虔诚。众生皆苦，要向工作低头，要与朋友交换价值，捂着耳朵也要听家人的劝告，生活已经足够无趣了，就把爱情还给爱情吧。毕竟表达爱意与接受爱意，是最直接的药，能让人自信，好看，忙碌，骄傲，被认可。

心动是身体里一场小型的烟火表演，当有人驻足凝望时，一定灿烂耀眼。心动之后，我将专情养成明日花，不可得当作远方星，被伤害视作高山雪，这世界便不能将我如何。

我们曾坐在井中

看过流星

谁也别瞧不上谁，存在即合理。

越来越没耐心看完一部剧，经常是看完前几集知道个大概就弃了。电影也是，节奏稍慢下来就想玩手机，甚至一度觉得，那些UP主（上传视频的人）五分钟总结的剧情，都比电影本身精彩。为此困扰过，与朋友分享，得出结论，不是我的问题，因为现在的东西的确很无趣，过去比现在更有未来感。

我这个年纪的同龄人，即使对各自的现状再不满，但一定不可否认的是，"过去的东西"的确精彩。

那是新世纪的初始，诸多盈月与破晓组成的千禧年，我们都有幸参与。

记忆中，学生时代的剧是看不完的。几百集的《皆大欢喜》《搞笑一家人》可以在吃饭的时候反复看，港剧、台偶、韩剧当正餐，新番动画是甜品，《人间四月天》和《大明宫词》这样的佐餐酒拿出来，细品之下有陈旧的美感，值得日后时常回味。

还记得第一次看《越狱》，体内的每个细胞都热血沸腾，反复追问同学，这个世界上怎能有这样的电视剧？除了剧集，电影在那个时候更接近造梦，成龙的《神话》，电影频道放几次我就看过几次，永远会为一袭白衣的玉漱公主死守在秦始皇陵那一幕流眼泪。恐怖片绝对是青春气氛组的标配，一个人的时候，看林正英的搞笑僵尸片，人多就看日本的正经鬼片。朋友们吓作一团，自此走夜路频频回头，洗澡睡觉时闭眼就是猛鬼贴面杀，都市的异闻传说越说越真实，而后的话题可以聊上好几天。

大人对爱情闭口不谈，而我们对爱的启蒙，全靠自学。感谢二〇〇〇年后的一众爱情片。孟克柔推开那扇《蓝色大门》，睁眼看不见的人，闭上眼见到了；英俊的木匠写下《恋恋笔记本》，一见钟情的表白足以支撑一生；重逢于《爱在日落黄昏时》的旧爱，只想狠狠聊天；纸短情长的信件，诉说着决不忘记你，足以验证《李米的猜想》。

原来爱一个人的感觉，像坐上游乐园的海盗船，心脏会来回失重。见不到面就想念，想多了会觉得无力与悲伤，再见面，又充满力量，如此循环往复，痛并快乐着。情到深处，恨不得把心掏出来给对方，但掏出来会死吧，那如何证明心动呢？用眼泪，用亲吻，用悄无声息的付出，用撕心裂肺的徒劳。

　　直到我上高中，小城才有了第一家电影院。我在那里看的第一部电影是《不能说的秘密》，后来收藏了蓝光碟，前前后后看了十三遍，今年是第十四遍。即将打破这个纪录的，是每年的圣诞仪式《真爱至上》和后坐力强悍的《泰坦尼克号》。电影是光影魔术，有操控时光的能力，总能在观众善变的心境中，照映出不一样的情绪。同样的剧情和台词，在不同的年纪看，又多了新的意味。

　　反观现在的影视作品，仍然在努力造梦，只是这梦境索然无味，还有条条框框牵绊。

　　不知从什么时候开始，探讨作品审美的标准，变成了一场关于价值观正确与否的讨伐，即使是从前被视作经典的作品，近年也能看到"三观不正"这样的短评被顶上热门。

　　回望那时看这些作品的我们，星光满眼，身心都被充盈，希望银幕里的他们可以有万种生活，只是千万别活成我们能一眼望见的样子。现在的观影审美太现实，风来了，它是正确的风，才有心之所向。是我们亲自酿成了可笑的讽刺。

　　写到此，有关过去的回忆涌来，想起我老家的那个童年小屋。床头柜的两个抽屉里，第一层塞满了月刊杂志的赠品，《漫友》《当代歌坛》《大众软件》《最小说》……如数家珍。这些纸卡礼品是宝藏，杂志里的故事和连载是精神食粮，我唯一要做的，就是规划好零用钱，看看这个月是哪几天又要吃不上早饭了。

那个名字很长的贝塔斯曼书友会，会不定期寄来书单。想在那儿买本书特别不容易，半个月才邮寄到，一本书全班同学轮着翻，喜欢哪位作家的都有，就是不喜欢上课偷看书被老师没收。

现在物流便利，当日下单的书，第二天便能收到，可是拆封的热情寥寥。那些记忆中的纸质刊物接连停刊，编辑含泪作别。本以为青春是个永恒的动词，直到《冰川时代4》里，那只叫斯克莱特的树鼩，终于吃到了那颗一直追寻的橡果。

还有什么是不会结束的？

抽屉的第二层，是磁带和CD。上学那会儿，最期待的是中午广播站放的音乐。如今总会有个画面在脑中反复出现，那是周杰伦发行《七里香》当日，我前桌作为铁杆歌迷，早早杵在音箱底下竖耳聆听，当《发如雪》那句"红尘醉"的高音出来时，他转向我，闭着眼用力打了个激灵，像是偷尝了一口大人的白酒。我们距离太远，我又近视，但看到了很多只蝴蝶从他心口飞出来。

买实体专辑是一种仪式，从预售拿到回执单开始，计日以俟，度日如年。临近上市，每天放学都会往音响店里跑，老板已经认识我了，我还没开口，就回，还没到呢。那个时候，我们痴迷的或许不是一张专辑，而是从学校跑到音响店那段闪着光的期待。

长长的耳机线穿过校服袖口，与同桌在晚自习偷偷听歌，磁带放完A面，取出来翻到B面，舍不得快进一首。夜里的教室带着秋天雨后的泥土青草味，耳朵里装满了盛夏，粉色的春日挂在喜欢的人脸上。当时的我们不会知道，二十年之后，人们还在听那些歌。二〇二二年的综艺节目里，王心凌穿着水手服唱跳《爱你》，登上热搜，越多人怀念，越证明华语音乐已经停留在冬天很久了。

千禧年出现的明星，像是下了一场紫微星雨，每个人都值得喜欢好多好多年。他们才华横溢，大脑性感，爱憎分明，与记者唇枪舌剑，微博当朋友圈发，管你是谁，最烦装那个的人。现在只要有艺人发个 LIVE 图，写一两句吃喝拉撒，就叫内娱活人。不怪他们，因为虎视眈眈的营销号擅长掐头去尾，大量的网络警察好像没有自己的事，轻易论断他人，是他们的日常。

现在娱乐活动多，可人们还是觉得清闲，那会儿就那么一两样玩乐，还觉得时间不够用，哪儿有工夫声讨他人。

追星看剧之外，我喜欢打游戏，网游出现之前，单机游戏是要装碟的。推进光驱里的每一块光盘，都是亟待拆开的礼物，看着缓慢的安装进度条，就像巴甫洛夫的狗暗自搓手，垂涎三尺。突然蹦出一个提示失败的对话框，以为是遗留的"千年虫"危机，于是用金山毒霸杀了好几遍的毒。

那时的电子产品都很脆弱，不像现在的手机，不仅抗摔，还会遛人，用一根看不见的绳索，捆住它们的人类宠物，你点开一个 App 就带你去一个地方，速食投喂，在成为超人和禽兽之间，让你产生永无止境的依赖。

手机能拍照之后，我有很多黑历史。可惜的是，当时的照片无法保存，否则应该能找到很多非主流的自己——现在不能称为非主流，有一个更高级的词叫"Y2K"，是一种极具个性，带着机能风、渐变色和科技感的潮流。潮流就是个真香[1]的圈。时间会让曾经被诟病的文化，变成后来的亚文化。

自私的九〇后，看见自我又自信的〇〇后，羡慕不已，而当初群嘲他们的八〇后，早已过上了自闭的生活。所以谁也别瞧不上谁，存在即合理，如果再以俯身向下的姿态看世界，就只能证明你不再年轻。

常在想，或许二〇一二年的世界末日真实发生了。玛雅人的预言将我们带到了另一个平行世界，从那一年开始，艺术的步调放缓，生活的七零八碎复兴，人类走向新的现实纪元。看到一个科普 UP 主说，未来或许是确定的，就像诺兰的《信条》一样，从另一个维度上看，我们以为时间的流逝其实是逆流，"过去"的金字塔是"未来"建的，那我们已经抵达了未来。

近日读过一条微博很是感动，浙江某地的电台主持人收到了一封来自日本的信件，是一个居住在日本东广岛的老人寄来的。信中

---

[1]网络流行语，这里指原本不被看好，后期做出相反对待。

讲述老人在七月收到了远在浙江台州的综合广播的信号，前后持续了七分钟。老人是收音机爱好者，希望给他一个收听证明，还妥帖地准备好回执和十元人民币的邮资。

神奇的是，这个有时连台州本地都收不到的脆弱信号，却漂洋过海在远方微微响起。像是宇宙的奇迹，那是离星空最近的地方，大气抖落天体的尘灰，制造了一小片电离层，反射的信号让此岸聆听彼岸，异国不再是他乡，在同一时刻，我们成为繁星的孩子。

信的末尾，老人写着："请确认我的收听，则幸甚矣。敬候您的回音。"

我从来不知道还有收听证明一说，看到这里，从前那些数着秒，等待广播节目播出的孤独夜晚，那些寄出的信中未竟的纸短情长，也都有了绵长的回应。

《人间四月天》的徐志摩说，如果看过月圆的美，你会有足够的耐心等候二十九个日子，只为等那一个月圆夜。即使到那天，不幸有云遮住了她，闭上眼睛你还是能见到她在云背后的光华。

世间的浪漫都藏在等待里，那是想念不匿于夜的亮光。

如若是最接近未来的样貌，在我的想象中，是大家都在聊一种很新的东西，艺术作品目不暇接，有意思的产品即使吃再多土[1]也要买。大家在各自擅长的领域发光发热，这是来路，也会变成我们的去路。

摊开世界这张地图，每一寸都是希望，人们跃跃欲试想要成为明天的宠儿，对崭新的知识攻城略地。不自卑，不自傲，谈及爱和理想，不再消耗过度的谨慎，因为我们曾坐在狭小的井中看过流星。

---

[1] 网络用语，这里指穷到没钱吃饭，需要吃土的地步。

流浪写手

幕天席地，我将狐狸放在旁边，它好像活了，陪我看了很久的落日。

什么时候开始，笑是用来掩饰尴尬的，哭是只能借用电影剧情释放的，旅行是从翻看过往的照片完成的。

曾经人类和自然各执一词，一方大肆挥霍，一方宣告稀缺，最后罗生门被敲破，一场病毒让人类世界按下暂停，人人认清自我在宇宙中的斤两。

这几年大小事的堆积，见过魑魅魍魉，也碰见善良，逐字逐句悉数阅尽，似乎真的可以狠狠翻篇了。

此刻我正面朝冬日大海，坐在阿那亚的自习室里。这个季节的海，独有安详与宁静，海天与沙滩呈低饱和，眼睛开合间的随意抓拍，都是文艺杂志的封面。游客入画，成群的海鸥停在海面的浮冰上，这一呼一吸对写作者来说，皆是灵感的照拂。

写随笔不像小说，不激烈，像是爵士乐，讲究氛围和定境，没有那么多目的，越散越松弛。说来可笑，我有深海恐惧，却喜欢海，人就是如此矛盾。但正是这些自知自怜的怕和爱，让我们能与自我对话，辨清自己是谁。

之前无数次错过阿那亚，总以为是个纯粹的网红地标。被社交媒体上的"照骗"吓怕了，再精致的建筑，十级滤镜和大广角的背后，或许是寸草不生的荒地。后来也是我的策展人对其赞不绝口，本着相信专业的态度来了，结果第一次来就被深深吸引。

这片沿海社区更多的不是风景，而是包裹在风景之外的关于生活的柔软。移植的碱茅和红柳随处可见，植物是自然的灵魂，生机与枯萎昭示着多维的生灭变化，敏感的人，能从植物身上窥见宇宙的能量。建筑和门店上的中文字体，审美品位颇高，原来不是只有英文招牌才可以设计得好看，中文在我们自己的语境里受了太多委屈。

这里的工作人员极友善，步道整洁，还有为流浪动物准备的角落，每一处细节都击在心口，一定程度解决了我们这些矫情的生活流积极分子内心的自我认同，深刻诠释人不是活一辈子，而是活几个瞬间。

想起三毛写的撒哈拉沙漠，如同大地堆积的血液，荷西因为三毛去沙漠工作，三毛因为荷西留在了沙漠，奔赴了相同的终点。人造访一个新的地方，会被磁场吸引，产生天然的好感，冥冥中好像曾到访过。就像与某个陌生人初次照面，会有认识很久的错觉。机缘处处定相投。

上次过像这般流浪写手的生活，还是二〇一九年在东京。那时拎着电脑每日换一家咖啡店，一杯美式和一块黄油饼干，能陪我过上大半天。写作五天，周六日放假，整理思绪，四处逛逛。

了解一个城市最好的方式，是在那里生活一阵子。

烟火气其实不是看出来的，而是置身其中身语意的感知。现代城市几乎无异，举目皆是高耸的楼宇，道路宽广，商业区星罗棋布，这些殊途同归的繁华，刻意将那些平凡的爱恨和柴米油盐打包，粗鲁地丢进暗巷。只是匆匆路过的我们，想讨一点烟火气看看，未免太难了。

不停下来生活，感受不到简单和纯度，看不见公车上玩数独的老人，超市里淌着珍珠水滴的蔬菜，藏在逼仄小径的拉面店，点头示好的陌生邻居，还有因为常去一家餐厅，即便你不说，店员也对你的喜好了然于心的默契。

我是一个非常需要旅行的人，它是生活的坐标，将一年的惯常划分成了几次期待。这三年，坐标消失了，日子是横冲直撞的横线，像是心电监护仪发出绝望的长鸣。还能旅行的时候，人生是有目的地的，当失去出发的理由时，这该死的生活要去向何处？

这期间最久的一次远行是去敦煌，不是因为工作，单纯玩乐，身心完全交付。我很喜欢当地文化和自然景观相得益彰的旅行地，敦煌如是。我们住的酒店在沙漠里，早上推开落地窗，空气里没有物欲和规劝，窗前滚满了沙，来自原生态的早安。

敦煌市内有一家很大的文创店，有许多与莫高窟联名的产品。买纪念品的行为虽然非常游客，但也成了我多年的习惯。我一眼相中一款用壁画图案设计的杯垫，内有金沙，放上杯子或者首饰甚是好看。这里美食众多，是主食和肉食爱好者的天堂，夜市的红柳木烤串我可以一口气吃五串。鸣沙山上的骆驼温顺，漫步在沙漠中，拉长的影子成了标记。

我坐在鸣沙山山头，俯看着远处的月牙泉，湖面粼粼波光，发了好长时间的呆。沙漠和湖面都有让人放下头脑的磁力，莫名想拥抱它们，我扬起一把细沙，幻想就这么滚下去，不知能否直接到达泉边。

启程去雅丹魔鬼城那日，我带了一只狐狸公仔，纯粹是旅行的仪式感。临近日落时分，我们看见孑然独立的一处风蚀土墩，爬上顶部时正巧遇见落日，美得不像话。幕天席地，我将狐狸放在旁边，它好像活了，陪我看了很久的落日。同行的朋友唤我，我微微侧头，正巧抓拍到我与狐狸互望的一幕。

无法成为小王子，那就期待有个人，将我温柔驯养。

落日和满月是我深爱的天象，前者是结束，底里透着悲伤；后者是完整，想到本性的圆融。在北京时，我喜欢落日时分出行，有时运气好，能看见日月同辉，或者粉色晚霞，这座城市于我最大的魅力就是拥有好天气。

我向来不介意晚高峰，平日出行打车多，碰上有话聊的司机还能收集一些写作素材。前阵子打到一辆车内装满皮卡丘公仔的车，司机的口罩上都是皮卡丘图案。我们年纪相仿，他说从小就喜欢《宝可梦》，我说，我那会儿看的时候还叫《宠物小精灵》。司机方向盘都握不住了，忍不住与我隔空击掌。他应该是个有趣的朋友。

这三年，有好几个朋友相继离开了北京。其中一个在北京住了二十多年的姐姐，不过是在晚餐结束后突然抱了抱我，没想到次日便走了，离开得悄无声息，连告别的机会都不留。

我们曾一起在六本木的展望台看见过若隐若现的富士山，听说不是每次上来都能见到，要碰运气的。当地人会向富士山许愿，我们一行人默契地保持沉默，凝望远山，认真撂下愿望。我走了神，偷偷拍下他们，只因夕阳打在他们侧颜，许愿的神情过分虔诚，这幅画面一瞬间让人想哭。

我们无法预料世俗伦常，就像我们那时的愿望清单中，一定不会希望来年还能旅行，不会那么在意内心的平和，更不会期盼世上的每个国度之间，少一些明争暗斗，能够互相照顾与眷注平凡人的福祉。

还有一个陪我去巴黎采风的朋友，定居在法国西海岸，离吉维尼小镇很近，莫奈的花园成了他的后花园，让人好生羡慕。当年写《听你的》那本书，因为需要大量的摄影素材，我们几乎踏遍了巴黎大大小小的街道和景点。

冬天的巴黎太冷了，衣服没穿够，朋友提议运动取暖，我们一路跑去了埃菲尔铁塔上吃晚餐。法国人节奏慢，我们成了路人中别致的神经病。跑是停不下来的，稍想喘口气，冷风直吹脑袋，只得咬着牙一路到底，太疯癫了。

人生还有两次疯狂体验，一次是在北京环球影城，当天几乎空园，巡游路上的观众寥寥无几，我们一伙人丧心病狂地互动，惹得演员们尴尬笑场，结束后嗓子都喊劈了。另一次是朋友在拉斯维加斯的婚礼，原定的泳池 after party（余兴聚会）因为下雨取消。我们一行人兴致上头，戴着兔子耳朵的头箍，捧着氢气球穿过赌场，友人带头大喊："We are married（我们结婚了）！"最后收获了一整个赌场的祝福。

人在旅行的时候，被取悦的阈值会自动降低，毛孔开放，爱笑，情绪会流淌，看万物都可爱，可以真实地遇见另一个自己。

所谓旅行的意义，就是可以短暂地逃离你既定的社会角色和身份，在别人的乐园里撒野。

我一直认为自由不是去获得什么，而是可以不要什么。其实获取挺容易的，靠一点聪明机智，一点热情冲动，或是绞尽脑汁的努力，总有点效果。真正难的是割舍，是放下，是摆脱欲望。

这几年因为消费降级，对很多物件失去购买欲。深谙一个道理，看过即拥有。对自我真实的需求了然于心，舍得在何处花费，一是美食，不辜负肠胃，毕竟是身体的腹脑。另一个便是旅行，世界地图那么大，人的寿命有限，躯干又渺小，一生很难走完。或许上帝的设计别有用心，就是为了督促我们早点出发。

传说宙斯将人的性别切成两半，所以每一半的宿命，就是要寻求原来的另一半，以便我们恢复其原初的整体。不论男性、女性，还是双性，我们的出现，就昭示着即将开始一场环遍世界的奔波。所以我们向外出走，就是为了寻找散落在地图中的片光零羽，那或许是本我的一块碎片，用于拼成我们的全貌。

再一抬头，天色已暗，月亮浮在海上，恰是腊月十五，如一盏高悬的明灯，月影清辉。明天还要来这里。

在美术馆发呆

看展就是一种『凑热闹』，只要拥有心有所属的能力就好。

收拾家，翻出很多在各个国家的美术馆淘回的纪念品。未拆封的明信片、手帕、文件夹、拼图……大抵是日常用不到的。

逛展览有个妙不可言的吸引力，只要被展览中的某些作品击中，离开时总想带走商店里一些复制的碎片，即使深知买回去很长一段时间不会再欣赏。但这个世界上很多物质的获得，本就不是为了有用，而是为了证明我们曾经来过。

我一直认为如果找不到旅行的意义，就去打卡当地的美术馆。美术馆只是个笼统的概念，任何策展形式的展览，无关场地大小，只要能被作品打动，就好似一场奇遇，那些作品在我心中都是等量齐观的馆藏。

有一幅摆在我书房的摄影作品。暮色降临时的富士山，生出群青色的滤镜，上方一抹月亮在快门瞬间的捕捉之下，光辉散成了六芒星。倾辉引暮色，孤景留思颜，山月相映，美好而孤独。

买回它的经历也十分有趣。

那年在富士山的车站，我拖着行李箱动身去箱根。大雪刚过，路面难行，几番辗转还是错过了车。等车间隙，走进车站背后的一家老式咖啡馆，想避寒喝口热咖啡。店里没有其他客人，只有一个老太太在经营，做咖啡的也是她。不大的空间半面墙都挂满了相框，摄影师专拍各个季节时间点的富士山，俨然一处小型的专题摄影展。

我一眼相中墙上那幅山月作品。老太太不懂英文，靠肢体语言沟通，她让我稍等，去一旁打电话，言语客气，像是求助什么重要的人。十来分钟后，进来一位穿着讲究的老者，头戴圆檐礼帽，裹着灰褐色的粗呢大衣，复古搭扣皮鞋上留着一路踩过的雪团子，像是欧洲电影中寂冷的一帧风雪归人的画面。

原来他们是一对夫妻。这些摄影作品都出自这位老者之手。他听说我从中国来，兴致颇高地从柜中取出一本相册，封面已经发黄卷边。老者喜欢中国，年轻时去过北京，还特意指着一张与张艺谋的合影，努力用蹩脚的中文念出导演的名字。他讲述了好长一段故事，我仅有的英文词汇量，只能捕捉到这张合影大概缘于他们早年的工作关系。

公车即将到站，我着急想问那幅摄影作品能否售卖。老者答非所问，反而抛给我另一个问题。他问我："中国古代在这个世界上有哪几大发明？"我依次回答："火药，造纸术，指南针，印刷术。"

他摇头，说："还有一个。"这个知识点是我的盲区。他见我茫无头绪，露出一个得逞的笑，从墙上取下那幅山月作品，在背板慢悠悠地签上名，还执意让我在一旁写下我的中文名字，再亲自誊写上去。老者给了我一个不可思议的价格，近乎白菜价，我确认好几遍才敢付款。

车已经到站，我抱着这对老夫妻为我精心包好的相框，生怕屋外的雪会淋着它，匆忙与他们道别，开了半扇门才想起刚才未竟的问题。问老者："还有一个伟大发明是什么？"老者笑了笑，说："china（瓷器）。"一词双关。

门外零星有雪花点子钻进来，偷趴在脖颈，我忍不住打了个寒战。这天气和心绪的一冷一热，如同饮一口香槟，跨越国度和时间的绵长，入口酸甜，深感幸福。

这些从展览中买回的物件，有一个共同点，色彩缤纷绚烂。我总是容易被富有童趣的作品吸引。夏卡尔、马蒂斯或者是凡·高，他们的笔触不被规范的美术技法限制，天马行空，配色大胆。我理解的少年感是半分自我的孩子气，半分对抗世界的决心，都体现在他们的画里了，不知道下一笔要去向何处，也总会在恰到好处的时候停笔，不留一丝犹疑。

印在丝巾上的《在阿尔勒的房间》，购于荷兰的凡·高博物馆；在梵蒂冈博物馆里一眼相中的小天使雕塑，商店正好有翻印的拼图；法国画廊遍地的圣保罗古镇，心仪的画作太多，原画带不走，买回了一沓明信片；那个水蓝色的马克杯上，印着头戴王冠的希腊罗马男性。原本只是觉得杯子好看，画它的英国艺术家叫 Luke Edward Hall（卢克·爱德华·霍尔），比起他配色斑斓的画作，他的穿衣和家装品位甚高，我今后也想要装一套这般绚丽的房子。

浸润在欧洲的文艺氛围中，身体紧张又轻巧，流连忘返于那些转角皆可见的艺术，每一步都是悠长的逡巡。

上帝用了六天创世纪，我大概只会把时间用在美术馆里，散步发呆。我太爱看展了，心理学上有个词叫阈限，亦称"感觉阈限"。指在自然和社会环境中，各种物理刺激、化学刺激作用于人的感官引起相应的感觉变化。逛展的过程，就是感知自己阈限的过程。根本无须计较艺术家的生平，自身的鉴赏功力如何都不重要，只要你不虚设艺术门槛，它就是无碍的。像是大自然，每一个凡人都可以拥抱它，云与风，河流腹地，所见即所得，雅俗共赏。

看展就是一种"凑热闹"，只要拥有心有所属的能力就好。

我喜欢在展览中拍照，虽然很少排长队与热门展品合影，但一定要在心仪的作品前留影，或背对镜头观赏，或像游客伸手比"V"拍照，或是在展厅内游走抓拍，丝毫没有羞耻心。现代艺术有极大的包容，人与作品的合照，形成二次创作。如果我是艺术家本人，我很乐意看到有人共享创作的灵魂。

我喜爱的展览纪念品，还有一类是笔记本。因为职业的关系，经常收到笔记本的礼物，家里其实都放不下了（我的亲朋好友和读者们不要再送我本子了，好意心领），所以能再从展览买回的笔记本，一定是有特别意义的。我多数会因为在现场有了灵感，手痒想要书写，便买个本子直接记录。

与坂本龙一联名的口袋笔记本，是几年前在首尔的坂本龙一纪录片展买的。展览场地是个藏匿于居民区的小洋房，小坡一路走到尽头，一栋三四层的建筑，门脸并不打眼，馆内人不多，走进第一个展厅就听见《末代皇帝》里的经典钢琴曲。展厅大小并不影响沉浸感，每一层风格不一，各类艺术装置将教授的音乐包裹，共生。看着纪录片中的教授将水桶套在头上，站在雨里听雨水拍打的声音，怪诞又有趣。

多怀念我们尚未走进科技生活，一无所有的时候。会关注自身和他人的情绪，看得见巴山夜雨涨秋池，有时间贪恋每一场雨，记录每一朵云，抱有每一次深耕细作的冲动。而不是将电子产品穿针引线，绑住手脚，甘愿被其支配。越来越多的创作者将灵感、音符、文字悉数交给电脑，科技可以解决一切手工匠人的魅力，甚至解决匠人本人。最可惜的是，我们很难回去。

写到这儿，想起《真爱至上》中科林·菲尔斯饰演的作家。从打字机中刚刚诞生的一沓厚厚的稿子，笔底烟花，因缘际会让它们漫天飞舞，散落在河水中，不失为一场绝美又遗憾的召唤。不知道它们能否全部找回来，但这个过程也成为作品本身。

展览的顶层是一处开阔的天台。在周边区买完笔记本，我坐在懒人沙发上，夏夜的风温柔偷袭，浅抬眼眸，远处是南山塔的夜景，耳边的钢琴曲缱绻地吟唱起舞。拉开笔记本的橙色橡筋箍环，我在第一页写下一句话：这个世界本来没有那么多惊喜的，可是你出现了。

或许当时是写给教授的。此情此景，再看见这行字，反而熨帖了自己，偶然成为遥以心照的巧合（整理这篇随笔时，教授已经离开了。艺术千秋，人生朝露，何其短暂，何其灿烂。像他说的，以后，会多看月亮的）。

这几年有幸做自己的展览，特别在意两件事，一件是观展路线，另一件是周边产品。去过几个所谓的大展，凌乱的路线让人晕头转向，观者在每个展区内重复游走，心境充满躁动，再好的作品也看不下去。展览周边的品类不强求丰富，但要便于携带，纪念不应有压力，毕竟不是传统的商店，不为盈利。正餐过后的甜品，吃得开心便好。

在我的上海首展上，我乔装成咖啡店员，观察看展的观众。画作不同于书本文字，被相同的故事牵动，而像是各自绚烂的星辰，总会有人选择抬头仰望。观众们站在不同的画作前，凝望的瞬间，那一刻我并不知道他们在思考什么，但我看见他们背后生出了翅膀，撞上我当初完成那幅画后，心口钻出的无数蝴蝶。

反复观看辩论节目里救猫还是救画的那期辩题，跳过面对生命的踟蹰，也不谈远处的哭声，总会被蔡康永最后那番话感动。他说，那些留存的东西可以提醒我们，不要那么瞧不起自己，因为我们曾经那么美好过。

都说活在当下，尽兴之后，当下就过去了，欢愉结束后，那种空落的虚无，我们都体验过。过往经验会团成一个毛球，人的内心越丰盈，越抓不住生活的线头。艺术会稀释很多真实世界中难以忍受的东西，感谢这些附着在时间藤蔓之下的创作，聊以纪念个体的不乏味和记录人类的不沉沦。

逆社会时钟

有的人灵魂里有一团火，
但路过的人只能看到一阵烟，不知道是谁的遗憾。

我自小喜欢手办公仔，这个爱好到现在这个年纪也没变过，今年尤甚。

刚从上一个被盲盒支配的天坑中爬出来，逛个迪士尼乐园，又跳进挂件公仔的坑。我绝对是玩具商家争先恐后保卫的萝卜，不必多说一个字，见坑就蹲，积极消费。房间整面墙堆满收纳盒，里面整齐地住着这些美好的证明。

我收拾自己都没有这么用心。

看到它们，身体内的多巴胺就拿着爱的号码牌加速分泌，如此快乐，还谈什么恋爱？朋友到家里，叹为观止，问我是不是瞒着他们有了孩子。我笑言："我就是那个孩子。"

我向来不是对年纪敏感的人，三十岁之后，还会习惯在需要填写年龄的场合，写成"2"字开头。陌生人问："还在上学吧？"我收起脸面，狠狠点了点头："对，快毕业了。"

要说年纪焦虑，有一点，但不多。焦虑在想到要与家人开始更多针锋相对，而提前疼痛。

社会时钟的规训告诉我们，什么年纪该做什么样的事，上学，恋爱，工作，结婚。我很不喜欢这种强盗式的约定俗成，每个人明明生来不同，却被迫要做相同的事，用同一套人生的行为规范作为幸福的标准。有人看似走在前面，也有人看似走在身后，总忍不住主动或被动地比较，口口声声呐喊着我们要公平，却都期待那份不公平落在自己头上。

与家人不多的见面，共同话题寥寥，还被他们见缝插针地拿年纪说事，问我，是不是可以考虑人生大事了？当然，每次有这种"都 ×× 岁了……"的开场，我一定会以"所以呢，是该死了吗？"作为万能回撑公式。不礼貌，但有效。

他们理解的"人生大事"，在我看来，只能装进人生这家咖啡店中最小的杯型，更多亟待解决的大事，根本盛放不下。世俗认为你应该做的事，不一定能让你感到幸福，而说出这些的人，其实往往过得也不怎么样。他们或许不擅长爱，没有体悟幸福的能力，以为生活就是一日三餐、门口的闲言碎语，公众号上骇人听闻的人生道理。

爱是生理和精神共处的矫揉生发，是宇宙对日、月、星辰之外的第四种馈赠。结婚是因为够爱，生孩子是你做好了准备，让另一个生命体验幻梦和悲痛。每一步都有至深意义的事，却总被年纪这个无趣的数字冠上前提。

在那些没礼貌的要求背后，藏着他们自欺欺人的傲慢。将青春时的乍见之欢定义为早恋，触碰就是雷区，却又在我们练习爱的年纪，急于催促我们结婚，以为我们都是恋爱特长生。大学没有任何社会经验，却想要我们拥有无与伦比的工作，然后不管我们每一份不满意的工作背后，有多少委屈，反正提辞职就是矫情，不够上进。工作上终于小有成绩，有了点自己的样貌，又被说没有婚姻和孩子是不幸的，好像这么拼命活着，就是为了成全别人。最可笑的是，这样的规训本身就失之偏颇，总体上对男性温柔一些，对女性则满是恶意。

我们亦步亦趋，都因为年纪这座大山压在身上，而不敢看一眼诗和远方。当时间齿轮碾过时，那些施加规训的人到站下车，全身而退，我们却在无止境的遗憾中意识到，好像绊住我们的人，是自己。

有一回逛街，被一家店的门脸吸引，店内竟然全是迪士尼乐园和环球影城的限定徽章。老板是八〇后，专业的徽章收藏玩家，三十五岁时经历一场沉底的失恋，曾与女友共同创业，对方的离开也带走了他继续下去的理由。

这些金属玩具将他打捞上岸，他没有再投入新的亲密关系，而是选择逆社会时钟，当"什么年纪做什么样的事"这样的焦虑开始松绑后，爱情的价值顺位就会往后放。他建立了一个徽章爱好者圈子，组织这些收藏玩家去世界各地的迪士尼乐园和环球影城旅行，与国外的玩家交换徽章，分享各自的人生。

这些看似冰冷的玩物变成情感纽带，让本就小众的乐趣，收获了认同。他的喜好当然不被家人理解，他被扣上不务正业的帽子，但这个世界上，总会有一些人能脱离时间概念，活在属于自己的时区中。

有一本我很喜欢的书，叫《凡·高手稿》。它比任何一本凡·高的珍藏画册都无限接近真实的他。全书是他与弟弟提奥的书信往来，所以更像是随笔。

二十七岁之前的凡·高，退过学，当过老师，做过兼职，还信了教，在"躺平"和努力间来回切换。可能某部分曾经的经历让他滋生了对艺术的敏感，有一天他告诉弟弟提奥，自己像是笼中鸟，虽然无钱无势，但心里有了个主意，他想要画画。于是从素描临摹开始，往后的书信都成为他的画画日记。专业石墨芯的法伯尔铅笔太昂贵，他就研究天然石墨和牛奶混合的平替，三原色掺一点黑或者白，就能配出不同的颜料。

他对画画近乎偏执，为了在海边画一幅画，要赶走上百只苍蝇，还主动内卷，吾日三省吾身，必须付出比那些名家多几倍的努力。

凡·高真的挺孤独的，无法抒发的郁结全部交给画画，在绘画中的所得，只是用来熬过这一生的方式。讽刺的是，他的一生如此短暂，而所有的成就在死后才姗姗来迟。

有的人灵魂里有一团火，但路过的人只能看到一阵烟，不知道是谁的遗憾。

说来很巧，我妈退休后，也开始在兴趣班学画画。第一幅是临摹的静物素描，最近还买了《星月夜》的数字油画。我说："你这不就是凡·高的绘画之路嘛，他二十七岁找到梦想，你五十七岁找到，所以人生没有太晚的开始，同理，也没有太晚的婚育。"

她说不过我，转头继续在她的创作中自得其乐。每个人的时区之所以不同，是因为人们都想找到自己的热爱，但找到梦想那一刻，意味着你即将进入一段漫长的储蓄，每种喜欢最后存的不是钱，而是时间。

当然需要警惕的是，因为我们被大量信息裹挟，那些别人筛选给你的华丽人生，其实都是加工后的范本。看到几个辞职旅行，退学做网红的例子，以为这就是逆社会时钟，人生意义的达成，于是轻而易举地将"辞职"和"躺平"变成了放逐自己的台阶。

想起一个新词叫"蛰居"，说有这样一批青年，各种年龄段都有，因为社恐，或者不满自己的社会地位而持续性精神内耗，像动物冬眠般长期躲在家里，不出门接触社会。蛰居时间基本都以六个月为限。

很酷，但实在不推荐。

我认为所有对年纪的无视不是靠反抗，而是一种修炼得当的自知。就像在麻将桌上你知道自己早已听牌，而怎么个和法，是你的选择，总之不要傻乎乎选择不会和牌的那个方案。

真正开始一场逆社会的旅行，前提是有一定的原始积累，有坚定的去处，以及不会被外界轻易扰乱的定心。

想想公车站台，剧场门口，游乐园项目前，那些着急的人，最后都会挤在更多的人堆里。而你不疾不徐，错过一辆公车，再等一辆就好了；剧场晚些入座，你的门票也不会失效；游乐时坐一个不那么好的位置，即使体验不同，但如果好玩，再来便是。你的节奏，没有任何人能打破。在等候的时间里，你慢下来，去看看有意思的东西，赚一点积蓄，打开自己，与外界交集，揭盖有惊喜。

我特别喜欢影视剧作中，那些生活在别处的故事，它们是我理想的万种映照，那是生命最珍贵的澄澈。同样都是生活，随手翻一页，也能走到下一段故事，但如何阅读，取决于看它的人。终其一生，我们只是为了让自己快乐，与其他任何人无关。

摆脱掉了什么时间做什么事的叙事，你会发现一片旷野。

我出版过几本短篇小说集，创作它们最有趣的过程，是在构思每个故事之初。写短篇最大的自由是故事间独立存在，但为了书的完整性，我会想好每篇的大纲才正式动笔。设计出场的人物小传，星座，职业，就像是第一次与陌生人的会面。角色陆续入席，我站在上帝视角观察他们，非线性的时间地图中，有人赶上最好的相遇，有人选择离开，有人在路上，有人沉默，有人辜负了爱，也有人倾其一生，追逐一场镜花水月。

写到这儿，脑中蹦出一个有意思的问题：如果人生缩短成一天，你会做些什么？

我绝对不设闹钟，手机设置成勿扰模式，一定睡到自然醒。好好梳洗收拾一番，看一两页书，看不下去就玩游戏，打扫房间。老板打来电话责问工作，我意识到，我做的方案他根本没有认真看，他如果还是纠缠，我就骂他。出门的时候，如果与你一见钟情，就爱；如果没有，就去下一个转角，大不了喝杯咖啡。

坐在我对面的优秀同龄人，我看了他很久，"别人家的孩子"几个字贴在他的大脑门上。与人比较是天性，如果忍不住，就比吧。能让我看到自己的不足，不失为一件好事，若只能平添焦虑，我绝不自扰。你看那个人吧，发际线后退得太厉害，双目无神，这种优秀不要也罢。找别人的缺点，是我们生来的本事。

离开咖啡店，回到自己的赛道，恍然间发现路上其实就只有我一个人。到家后，房间被一日的阳光晒得很暖和，到了夜里也不会觉得凉。投影打在墙上，我决定看一部终场电影，不如就选《本杰明·巴顿奇事》吧。

做你想做的人，这件事没有时间的限制，只要愿意，什么时候都可以开始。

你能从现在开始改变，也可以一成不变。这件事没有规矩可言。

我希望你能活出最精彩的自己。

我希望你能见识到令你惊奇的事物。

我希望你能体验未曾体验过的情感。

我希望你能遇到一些想法不同的人。

我希望你为你自己的人生感到骄傲。

如果你发现还没有做到，我希望你能有勇气从头再来。

时间到了，即便不舍得也要合眼，毕竟一日苍老，扛不住倦意。本想与所有我爱的人告别，怕漏了谁，也怕谁多说两句。我是个敏感的人，这么麻烦还是算了吧。

如果人死后能变回尘埃，希望明天，投身成为月亮。那是我准备在夜晚，有人抬头便能相望的百计千方。

想象自己是个
脾气不好的诗人

稳定发疯也是一种情绪稳定。

坚持每晚十二点前睡觉，已有半月，身体的确比过去更轻松了。以往熬到半夜，即使能保持八小时的睡眠，第二天仍有睡不醒的黏滞感。为了一整日的充沛，宁可舍弃深夜的精神自由。

　　三十三岁的状态是个明显的分野，久坐之后的肩颈像是被布了张网，肌肉被铆在固定的姿势，仰头拉伸都痛。可是写作者需要身体静止，思绪运动，全然忘我。如果能做到半小时想起站立休息，那一定没有进入状态。

　　这种舍，不得解。身体的蜡烛燃烧的同时也在熄灭，或许本身就是一种艺术。

　　每日醒来在镜中观察自己，浮肿的脸部，腰上又多了些脂肪，说完全坦然是假的。找来防止发腮的脸部操跟练，看中医，做艾灸，少喝冷饮，出门带着保温杯，里面是泡好的枸杞茶。进食也比从前讲究，可以深刻感受到重油盐的食物进入肠胃后，它们发出的抗拒的信号。

自爱的第一步，或许正是从关注自己的身体变化开始。与年纪焦虑无关，只想以后也是个好看的老头，不与油腻沾边，如果没做到，未来的我定会向现在磨刀霍霍。

想到这儿，也是一种变相的督促。

新认识的朋友，说我与她想象的不一样。想象中的我，写作画画，拍了很多传统审美上的写真，多少有点文艺高冷，难以接近。不止一个陌生人这样评价我。尽管他们只要去我社交平台上随便点开一个 vlog（记录生活的视频博客），看看我真实的日常，就会发现这与他们面前坐着的人，其实并无二致（也罢，这些趣味就留给陪我多年的读者吧）。

我现在很少思考他人的评价，过去耳根子软，接收到一点信号，就会审视自己，想来他们是为我好，造成这样的结果一定如他们所言，是我哪里做得还不够。如此左右拉扯，陷入自我怀疑。

做别人理想中的自己，是这个世界上最难的事，无异于站在历史博物馆，手握三两工具，被要求亲手复原他们想象中的那尊雕像。

说个趣事，工作上合作多年的长辈，说不上知根知底，但毕竟共事多年，他早已摸得我的脾性。后来闲言碎语传到我耳中，有共同朋友曾向他提起我，他评价道："他这个人可以欺负一下的。"

不奇怪，我自认是这样的人，这种为了周全会委屈自己的性格，找不到成形的根源，勉强归咎于在爱的环境下长大，容易看谁都是美好，习惯一丁点感动就掏心掏肺，哪怕只身穿过别人的伤害，也愿意将悲喜咽进肚子里。

太多的烦恼和焦虑就是源于过度自省，以为别人很在乎我，以为这么做、这么说别人会难过或满意，以为做每件事都会有代价，以为凝视深渊，深渊有空搭理我。时时刻刻凌迟自己的意志和情绪，不断反思，直到仅剩的勇气再也不愿跟随我，在我最需要它的时候逃之夭夭。

行至此，回看过去，只缘身在此山中，皆是"以为"最害人。

人与人的相处，需要一丝忌惮感的拿捏，走进一段关系，如果让渡自己，一定会落得委屈的下场。你所有的忍让，在对方眼中是不会反抗；你的谦逊，让他们坐在云上嘲笑你的虚假；你的周全，是他们慢慢将你推离牌局的理由，他们更愿意花费时间，去讨好那些不害怕不要脸不着急的人。

这就是为什么当你努力成为好人，只要偶尔坏一次时，就会打破所有的理所应当，再没人记得你的好。而你若是一直边界感分明，难以靠近，只要某天对外界施舍一点点的好，哪怕就是柔软一下，他们就会对你另眼相看。原来你也挺可爱的，你的冷和刺，或许只是真实。

人与人之间的关系，说透了，就无趣了，还容易伤心。

如果要写一句座右铭印刻在心上，我会写：从今天开始，永远把自己放在第一位，现在只想做一个人，就是我自己。

这一年，我除了关注身心，生活也做了一些改变。租了工作室，用来写作、画画和办公，我的工作方式和团队体量，其实不必有实地的办公场所，但正是太多不必要，成了拖延的借口。我着实不喜欢一群人云办公，语音群聊效率低下，工作伙伴永远是聚在一起才有无尽的行动力，散如满天星斗，云层滑过，别说抓住，见都见不着。

常用的几个自媒体平台，我努力做到使用自由，要么不更新，要么只发我想发的，偶尔点点赞，从不刻意经营。有些人接触过几次，深知不是同频的人，那就保持这样互相存在于对方通讯录里的关系，并不想更近一步。即使对方邀约见面吃饭，也拒绝了。

去理发店洗头，再遇到服务员推销办卡，我也不会硬着头皮花钱，或者委婉地想一大堆理由拒绝，而是直说，我不需要。以及今年做了个重要的决定，换了工作上的合作伙伴，我不害怕结束，好的结束是发着光的开始，坏的结束是熄了灯的开始，至少都是开始，人要一直走在路上。

到了这个年纪，热情和精力有限，不想再将注意力用在成全别人上，只想与外面美好的世界互动，做不到无赖，那就尽量让自己舒适，学习木心先生，在百转柔肠间一天天冷酷起来。

前些日子有个朋友进了派出所。起因是她在东城一家网红店排队买面包，一个五十来岁的阿姨走到前面的男孩子身边，想沟通插队。我那女生朋友当即喊住她，说："您要插队，不能只跟前面的人说，后面都在排队。"结果反被阿姨呛声："你哪只眼睛看到我插队了，我是让这小孩帮我买。"我那女生朋友做直播选品的，平日就与各大供应商唇枪舌剑，刚结束选品会，情绪还没下头，有理有据地指出问题："都可以帮忙买的话，我们在这大冷天里站着，是在加湿吗？"

队伍里有人笑出了声，阿姨觉得自己丢了面子，上前指着她鼻子嚷嚷，女生不悦，反问她要干什么，阿姨竟然拍掉她的眼镜，大骂她没教养。女生反手两巴掌扇了回去，阿姨傻了，捂着脸捶地声声叫唤。女生凑到她身边说："我今年三十岁，您多大？我还有几十年时间学习尊老爱幼，只要您挺得住，今后我见您一次学一次。"

阿姨报了警，好在监控记录了一切，尽管先动手的不是我朋友，她也躲不过一场批评教育，还付了阿姨执意要做 CT 的检查费用。事后，她说那家面包并不好吃，扇人巴掌的那只手抖了很久，但她很满意当时的自己，没有钝感力，也有掀桌子的能力。

我们都应该练习喜欢现在的自己，毕竟那是吞了多少委屈，熬过多少孤单的深夜，被酒精洗礼，囫囵接受我本平凡的规劝，用力扯着笑容一块一块搭成的。不管有多少改不掉的毛病，有没有那件孔乙己的长衫，我们最了解自己。

你不想说话没问题，逼着你外向的人，他们的快乐太浅薄。对你冷眼的人，是他们没素质，有的恶意就是恶意，你不用帮他们美化，这个世界对你的奖赏你可以分辨，不需要规训来教导你。你不用敏感如晴雨表，谁对你冷热，你能感受到。你没有错。记住，你并没错，不要重复在自己身上找问题。

什么温良恭俭让，在这个时代语境下，不重要了，稳定发疯也是一种情绪稳定。

关于自我修炼，我有一个办法，最近也在练习，以至待人接物时更加沉着。每日在镜子前默默赞美此刻呈现的你，大到身上的病痛，小到脸颊上的痘，要像劝慰孩子一样，让它们不要胡闹，我是不会放注意力到你们身上的，给我乖乖好起来。起心动念是因，将日常挂在嘴上的抱怨，"烦死了""太倒霉了""累死了"有意识地换成"挺好的""没关系""真有趣"。出门戴些首饰，与自然接触时多做深呼吸，不吝于夸奖和肯定他人，尤其是拥有正念的朋友。说话语速慢一点，声音稳一些，走路步伐放缓，行动上也是，想象自己是个田园诗人。

一生提笔落诗行，要爱自己的平整，也爱自己的错别字，爱自己的宽厚，也爱自己的卑鄙，爱自己的善良，也爱自己的瑕疵。尽情享受过程，冒险愉快。

纪念品

从某种程度上来说，我恋物的程度，超过爱一个人。

从某种程度上来说，我恋物的程度，超过爱一个人。虽然不成瘾，但也因为俗气的占有，获得过心理上的满足。家中常见的，除了必要的摆设，有很多他人不理解的物件。来过我家的朋友，都觉得我是一个怪人。

　　在北京这些年，搬过五次家，一直留在身边的东西不多，即使有投资能力，也不爱车和表，称得上收藏的物件，买回它们纯粹靠情感驱动。我太着迷于一件物品背后的故事细节了，不在乎实用或者逻辑，那种莫名其妙，反而在我眼中熠熠生辉。

　　做MBTI（迈尔斯-布里格斯类型指标）人格测试，我是INFP（调停者型人格），这类人有时可能会感到孤独或隐形，更加沉溺于精神世界的漂泊。

　　确是如此。

写这本书是人生阶段性的总结，有一些精神纪念品想记录下来。

我有一支算作镇宅的古董钢笔，购于东京银座的一家文具店。这家文具店我来过很多次，常逛二楼的书写区。职业习惯，写小说之前，我会在本子上记录灵感，那是为数不多还能用到纸笔的时刻。科技是良药，也是陷阱，如果注意力被电子产品切割得支离破碎，心流就会沦为可望而不可即的状态，写字能使我静下来。

偶然在橱窗里遇见这支古董钢笔，体形足够有分量，金属质感的外壳，笔杆中央是爱因斯坦的肖像画。我喜欢宇宙，但也就到喜欢为止，就像我了解爱因斯坦，也就到物理书上的相对论为止。偏偏我被这支钢笔吸引了，在它面前数次徘徊，心壁上像有蚂蚁在爬，感到一阵阵的酥痒。

我让店员将钢笔取出来。店员戴上白手套，如同捧着一件珠宝，小心翼翼地递到我手中。我攥紧它，比想象中更重，翻个面，酥麻感瞬间直抵头皮。爱因斯坦的背后是一幅太阳系星图，一度让我结舌。

我告知店员我要买下它。

这些年喜欢把钱用在提高情绪价值的东西上，不管它价格高低，可能是一碗碳水炸弹的面，一束配色治愈的花，或是一些需要咬牙买下，又看似无用的东西。但能买得开心，让我在重复枯燥的日常里，又把自己爱了一遍，那就是绝世最珍贵的。

大概二十分钟后，店员端着一个巨大的绿色盒子出来，里面装着我的钢笔。一同来的还有一位女士，我英语不够好，我们用翻译软件交流。她告诉我这支钢笔全世界只有二百八十八支，笔身两面的画，是画师用细毛笔在珍珠贝母上亲手绘制的。在笔帽顶端，镶嵌了一个字母，是爱因斯坦相对论公式的手写原件。这家古董钢笔公司在拍卖会上将原件拍卖下来后，切割成了二百八十八个字母，镶嵌在每一支钢笔中，因此每一支钢笔都独一无二。

我带回这支钢笔后，至今未使用过，将它放在书架最显眼的位置上，偶尔打开看一看，总有一种莫名的敬畏之感。笔杆冰冷，捧在手里似乎有温度。记得书中说，我们每个人都是神。福至心灵，身为这个时代还有人记得的写作者，感谢宇宙恩赐的灵感。

与这支钢笔异曲同工的还有另一个物件。是一枚迪士尼在二〇一二年发行的徽章，我在一家专卖徽章的店里发现了它。时代圈地，人人都有自己的乐趣，作为迪士尼狂热爱好者，许多至今影响我三观的作品都是动画片，它们总能修建我的想象，绽放一捆巨大的彩色氢气球，拎起我的周遭，带我去更远的未知之境。

这枚《怪兽电力公司》的徽章，中间嵌着一张原版的动画胶片，迪士尼将电影胶片的每一帧画面切割制作，限量发行。根据每一帧画面的经典程度，在徽章收藏市场中价格也不一致。我的这帧正好是电影接近尾声，毛怪苏利文抱着小女孩阿布，要将她送回人类世界。

这枚徽章本是老板的私藏，我与他攀谈好几次成了朋友，加之这几年做生意不易，他才舍得卖给我。

对着徽章打光，这一帧画面淡淡地投影在墙上，面前闷闷不乐的白墙瞬间生动，好像听到阿布轻轻喊了一声：Kitty。这部动画是我的挚爱，赞叹编剧的脑洞，竟然能以孩子的哭声作为电力能量。我想不起那个在成人世界的门口推我一把，告诉我"向前走，去成长"的人是谁，狭隘一点，可能那个人就是我自己吧。

We scare, because we care（我们害怕的，正是我们在乎的）。保持成人的虚假谦卑和孩子的盲目自信是一种能力。

带回家的每个纪念物，它们背后的故事更值得叙述。

在巴黎孚日广场上有一间小小的画廊，那年结束工作后闲逛于此，在门口的墙上，挂着一幅装裱好的正方形画作。基本蓝打底，中间是水性颜料画的红心，笔触随意，但不凌乱，右下角有用金漆写的法文"Amour（爱）"。特别之处是，心形之中粘着一块白水晶，旁边有一封用金丝缠绕的手写信。我自然被这样的趣味击中。

店员是一位红色鬓发的女士，我与她寒暄许久，很想知道信里写了什么。店员不清楚，问她有没有折扣，她也不清楚。或许正是因为她的不清不楚，我决定买下这幅画。临走时我问她："你有关于这个艺术家的资料吗？"她给了我一本画册，勒口上有艺术家的简介，没有肖像，全是法文。我在 Instagram（社交应用）上搜艺术家的名字，可惜网速慢，页面始终刷不出来。

店员问："你想知道什么？"其实我也不知道自己想知道什么，

只是当与某件艺术品、电影、音乐、书籍产生连接时，就想看看作者是个怎样的人，即便我们不会认识，即便我根本记不住他的名字，只是想确认一种名为"懂得"的量子纠缠。

见我迟迟没反应，她指了指艺术家简介，凑到我耳边轻声说："我就是。"也就在这戏剧性的一刻，Instagram 的搜索页面刷出来了，头像正是眼前这位红色鬈发的女士。我几乎快哭出来（刚刚竟然在与艺术家本人砍价，太丢脸了），她比了个嘘声的手势，与我拥抱，请人为我们拍了合影，还留了我的邮箱，说会将合影发过来。

她到最后也没告诉我那封信里写了什么。

这些年，这幅画一直挂在我书桌对面的墙上，写作到一半，每每抬头定会留意，可从未有过拆开那封信的念头。自己也创作，懂得每一处暗藏的玄机，也许是秘密，也许只是作者吐着烟圈子，在午后一个无聊的遐想。来信未拆，就是薛定谔的猫，拥有无限可能，这就是艺术本身。就像这些年悬置的价值观，不讨论对错，不深究结果，人生便会通达许多。

法国人效率是真的低，大概过了半年，邮箱里终于收到了那张合影。我们笑颜绽放，我抱着她包装好的画，嘴巴咧得很大，像是幼儿园小朋友得到了一朵小红花。

我的书房不大，类似的字画挂上，再加上画架和书架，更显得拥挤。但空间狭小有狭小的好处，感觉聚气，自有一方小天地的温馨。有阵子沉迷水晶原石，书房所见之处都堆满了石头，像个着魔的地质爱好者。在网上见着一外国老头的照片，他坐在书桌前，窗外是远山和湖景，身后的书架上摆满了书和水晶。我幻想过，这大概是我老年的样子。

那么多心爱的石头里，有一块是来自非洲纳米比亚的幻影水晶，现在就摆在我的书桌上。goboboseb 矿区的水晶，人工开采难度大，矿晶产量稀少，每一块烟紫色的水晶都是贵族。我的这块形如心脏，是矿商在纳米比亚一个部落发现的，不需要打光，只要对着阳光，内部晶莹的骨架便清晰可见。内里的包裹物有水胆、发丝、云母片、草莓晶，底部烟紫双色萦绕，逐层如油画颜料渐变，顶部是白色的骸骨开窗，像是火焰最外层的烟雾。

买回这块水晶后，我一度对紫色着迷，新画的画中，也不自觉用了大量的紫色。画里的蓝色小人叫"卜罗"，他腾云驾雾坐在正中。待画完之后，我发现云朵的形状很像佛陀的头发。

最近看过一部电影叫《瞬息全宇宙》，杨紫琼主演的（修订这篇文章时，她已然凭此片成为第一位奥斯卡华人影后）。这次观影体验让我想到这块水晶，本质是石头，却同时有绚烂，有疗愈，有宇宙的年轮。影片中，从女主角开始变成功夫巨星、厨师、香肠人，直到石头那一刻，我彻底对这部电影着迷，最后几乎是大哭着看完的。

虚无是这个世界的终极真相，我们何尝不是一块石头，但是当我变成某一个果壳宇宙，某一块孤零零的石头时，我也希望爱我的人在身旁。

　　某种程度上来说，我太需要爱了，它能让我感受生命的旺盛，无论是给写作提供灵感，还是给生活灵感，爱都能让我知道自己是谁，以及让我辨清去路。我书桌后面，堆了几个大箱子，里面装着读者的信，这不算我买回的物件，但绝对称得上纪念。

　　相信这个世界上，不会有比作家更容易收到信件的职业了。不论是我的出版社，还是这十年间任何一次签售会，都会收到成箱的读者来信。一部分早年的信件在看过之后，随着签售行程和搬家的辗转，都处理掉了。那时年轻气盛，好糊涂的断舍离。好在后期都将它们尽可能保留下来，尤其那些精心制作的影集，自己家中放不下就往老家寄。

　　我爸妈的房间有一个很大的洗手间，早年装的浴缸，现在成了读者的来信收纳缸，大半个洗手间堆满的纸箱中，装着读者送来的物件。曾经开过玩笑，说等到了老年，我要将这些影集和信件集结成一个展览，不知这是否称得上爱在流转的证明。

　　困在家中这三年，我常翻出这些物件看看，影集册子里记录了每个时期的我，或是每个时期的他们，还有用自己家乡的景点照片做成旅行攻略的，希望我行至他们故乡的时候，不会感到陌生。有的读者附上了很多花哨的贴纸、手工和简笔画。想象他们为了见我，提前几天甚至数月，窝在小小的桌前，手指头粘满胶水，鼻尖蹭上墨水的模样，心里再多云雨也晾干了。

读者的信，大多是与我相遇的叙述，在某本书中，或是某个节目上，可能某句话走进他们心里，也可能我就是站在那里，一个眼神，一次微笑，成为他们心中可以寄托的互联网月亮。

有些信则是日记，厚厚一沓，装得信封鼓囊囊的，我可太害怕是一沓钞票了（听说有位作者签售的时候，有位老太太直接给他甩了一包钱就跑了，也许是像看待孙子一样，给予汹涌的爱。那位作者为了将钱还给老太太，还造成不少困扰）。另外还有一些，他们将我视作树洞，也不期待我回复，将难以启齿的情绪悉数说了出来。有个患了妥瑞症的男孩，来信希望我看过之后，发微博的时候能多加个笑脸，当作暗号，给他鼓励。我觉得有趣又治愈，那个"呵呵"的微笑脸有种正经的可爱，后来成了我发微博的习惯，希望他看见了。

夹在信中的附件，往往更特别。因为我支教过，有人也随我去了山区，送上了他们的学生画的画。还有人以我和读者的名义做公益，送来了捐赠证书。以及各大名校通知书的影印本、自己写的剧本、怀孕五个月的 B 超、第一份工作项目的 PPT……总之人类多样性的可爱，都在这群家伙身上体现得淋漓尽致。

这些年有的读者成熟了，可能不再需要我，便将我留在了昨天。这样也好，曾经在我们见面时他们投递的那封信，我替他们记得。

借用钱锺书先生的话说，约着见面，就能使见面的前后几天都沾着光，变成好日子。

我们都有过共同的闪闪发光的日子。

想记录的精神物件暂时写到这儿，其实还有一些，但真的要敞开写，也许会占据半本书的体量。

在世间行走，除了肉身，我们一路都在收集外物。当你拥有了一件东西后，发现得到后的感受不过如此，证明你其实根本不需要它。但如果有一些东西，你得到之后爱不释手，证明是真的爱。物如此，人也是。

看过一本书叫《云彩收集者手册》，里面记录了各式各样的云。我愿意在我之后的生命路途里，将一本收集手册放在脑中，用来记录我收藏的一切，即使去往彼岸之时，什么都带不走，也没关系，人都是靠回忆活着的。

行车记

有时候你慌乱无措，其实是你的参照物错了，向另一边看看，也许就知道真相了。

我不爱所有需要自己控制的交通工具，尤其是车。

大学学车，几乎是父母连哄带骗去的，说这是每个应届毕业生必须自带的技能。好像我们这些年在试卷堆中卧薪尝胆，逃脱精神樊笼，最终奔赴的岗位都是司机。

科目一是盲考的，前一晚翻了翻书，成绩当场出来，不及格。走出考场才知道如果科目一两次不通过，考驾照的资格作废，学费不予退还。为了维护少年的自尊心（以及没钱补娄子），我向父母撒谎，假装过了考试，私下偷偷又报了名。没有退路之后，第二次以九十九分的高分过了。

人都是如此，在死要面子的母题之下，能激发无穷的潜力。

教我的驾校教练早年是脱口秀演员，骂人的一招一式迥异于常，句句是讽刺的艺术。我只要想到教练千沟万壑的脸，就能感受到余音绕梁的震慑力。驾校场地撞上的每个轮胎，都见证了卑微到泥土里的我，开不出花，几近崩溃。

尤其是到了第三阶段的路跑，教练带我们去外面练车。成都四面环山，往外一开就奔深山老林去。将暗未暗的天色瘆人，自有一种蛮荒的惨遭遗弃之慨，心中的不安无处可遁。

晚上过夜，其他两个同行的学员配好对，我只得与教练一间房。教练有统一制服，挂在墙上，月色笼罩下形如鬼怪，再配上隔壁床时不时传来的呼噜声，完全是沉浸式的恐怖片。我不敢合眼，满脑子都是他的叫骂声，至今仍感后怕，比我正式考试忘记掰回转向灯还要怕。

与车结下的不解之缘影响深远。毕业那年原本计划要去英国读研，父母七拼八凑准备好积蓄，半路因为我写的小说被出版商看中，以为能成作家，与他们深谈后，我决定放弃出国，去北京发展。

后来他们用那笔积蓄买了辆车。

直到我今年回家，我爸仍然开着这辆车来机场接我。我离家这些年，他从未伸手向我索要任何东西，还严肃地与我讨论过，不许给他换车，先斩后奏也不可以，无须以孝顺之名给他惊喜，他是真的不需要。

印象中，他很喜欢车，也不是那么坚决的人，其实这一直是我的疑惑。有一回他喝多了，我才在电话里问清真相。他知道我从小主意多，三分钟热度，害怕我变卦，所以总是习惯留一个保底方案，让我有后悔药可以吃。放弃出国去北京那年，是我第一次离开他们，他们决定花光积蓄买下这辆车，亲手断了这个保底。他许了个愿，只要这辆车在，儿子便不会回头，我选的这条路，只能，且一定是正确的。

这是一场与未来孤注一掷的对赌。

我爸的那辆车上，有股特别的味道，从前觉得是皮革香味。后来懂了，是这辆车背后情感的馥郁。

北漂十年，出行都是打车，即使后来有了条件，也从未考虑过买车。驾照中间换过一次，但几乎不碰车，偶尔开过一两次，油门和刹车的左右位置都记不住。堵车路上看到不守秩序的司机会治气，听到有人随意拍喇叭会头疼，最怕停车，碰上位置逼仄的车位，恨不得前后给人家撞开。

还是别给交警添麻烦了。

说来可笑，以我这样与车八字不合的人设，早年竟有一个汽车品牌找我合作，除了写文案，还需要出镜给他们拍微电影。好在不用我开车，做乘客我是很专业的，但请来的拍摄导演不专业，第一次见识到把微电影当 vlog 拍的。到了现场我不知道要拍什么，他也不知道要拍什么，走到哪儿，等到哪儿，拍到哪儿。

他突发奇想要拍日出，也不关心天气的脸色，凌晨四点让我们站在海边，狂风吹得人无法睁眼。终于等来日出，空中乌云密布，连一丝金色的痕迹也没有，了无生趣。摄像机开着，没词儿，全靠我们即兴发挥。我哆嗦着身子，努力找补："每当遇到阴雨天，就努力做自己的小太阳！"

那时我深刻体会到那些对鸡汤深恶痛绝的人的心情，因为连熬煮鸡汤的人自己都不相信。有些残言断句，全都是幸存者自鸣得意的汇报演出。

噩梦结束，穿了两天的短袖都臭了，我带来的好几件衣服全无用处。洗完刚晾上，导演突然说要接戏，必须穿回那件短袖。当时与我一起工作的小姑娘傻眼，被导演责问得哑口无言，毕竟这两日都没人提过服装要求，更何况究竟哪儿来的戏？我见不得自己人被欺负，与导演沟通，他说不出一二，还以极度不耐烦的口气命令我即便穿湿衣服也得拍。终于，积压的委屈倾泻而出，我以初生牛犊之姿，与导演在现场大吵，不顾什么专业与情面，正气凛然地宣泄一通。

我是泪失禁体质，嗓门但凡大些，就会变成哭腔。含着泪，当下折回酒店，什么狗屁广告，要站着把钱赚了。

事后客户来调解，等双方情绪平复，再见到导演，他像是换了个人，后面的拍摄忽然有了脚本，终于知道接下来要拍什么。我穿着那件湿漉漉的短袖，坐上副驾，同行的演员也很尴尬，只得装作无事发生。

这次拍摄，只需要我们在路上行驶。我忘记那天我们在车上说了什么，词都是临场想的。车是好车，可回忆真的是一塌糊涂。

室友的妈妈买了这辆车，说就是因为看了我的广告。其实广告成片还不错。换作现在的我，时光湮灭年少的轻狂，可能再也没有争论的勇气，只剩下不滋生事端的中庸。在情绪上头之前，就已经与导演共情，或许他也有难言之隐，毕竟最后对成片负责的是他。

当时的我没错，但欠导演一个道歉，不过也不重要了，后来我再也没见过他。

看《爱在记忆消逝前》。老夫妻在弥留之际，驾驶一辆房车，从马萨诸塞州一路南行。电影里风光旖旎，一车两人，甚是潇洒。以至我对这样一辆可以自己命名并打理的房车，向往过好一阵。但也就停留在向往了。肉体凡胎尽是被俗世的烟火气缠绕，有钱买吗？有钱了之后有时间吗？有时间之后有勇气出发吗？有勇气之后有计划吗？有计划之后有人陪你吗？说到底，还是自己不想改变。

一个人真想改变，除了你自己，没有人能阻挡，世界会化作一行行回车，痛苦变成句号，风雨避开你的头顶，宇宙会为你让路，去最远的星球都不是问题。

后来将驾驶房车的体验写进了书里，似乎也了却心愿。我这职业最大的受益，就是所有生活中实现不了的事，皆可在虚构的故事中实现，即使这是被大家提前承认的谎言。

二〇二二整年都乏善可陈，生活的大厦稍微松动，便有将倾之虞。我仰仗玄学，在庙里求了个符，随身放在包里。没过几日，与朋友们自驾去古北水镇，行至高速，前车突然向右避闪，露出前方一辆正在减速的车。因为距离太近，几乎只给我们两三秒反应的时间。驾驶位的朋友将刹车踩到底，无用，狠狠撞上前车。

身体伴随着强烈的震荡，四周气囊弹出，将身体牢牢裹住。刹那间，耳膜尽是电影中那声混沌的长鸣，浓重的工业气味蹿进鼻腔，车内满是烟雾。我好几秒之后才缓过神来，与朋友们确认安好后，慌忙下了车。车头尽毁，整辆车近乎凹陷一半，好在人无大碍。

在车尾放好三角警示牌，我们一行人躲在高速一侧，等待交警。二月的天气干冷，高速上车来车往，速度豪迈，每一辆从我们身边飞驰而过的车，像是拨开冷风支棱而出的一记耳光，余威掀起水泥地，身子也跟着一下下震颤。

天色渐暗，那块小小的警示牌看着也不保险，想起后备厢里有一张大红色的折叠麻将桌，我们便将麻将桌竖着立在车尾，这才安心，只是真的太荒诞了。朋友哀叹，这是他可怕的本命年。我看着呼啸而过的车辆，心有余悸，想想如果方才我们后面也有车，也许我们就被夹成三明治了。无意间，我摸到包里的符，默念了好几遍平安。

自此以后，坐车再也不放肆，安全带一定绑好，提醒司机注意车距。车祸后落下的病根，变成种子栽在心海里，我这类容易幻想的人，只要上高速，脑子便不由自主地杜撰祸事。害怕悲剧重演，毛细血管扩张，恐惧不止。

有一次练车，刚入库准备停车，突然感觉自己的车不听使唤地向后退。车祸的后遗症上头，我慌了神，疯狂踩刹车，拉手刹，心脏几乎要跳出来。

其实车子没动，是我刚才一直盯着右边，刚好右边停的车正启动向前走。纯粹因为脑雾带来的视觉差，真是太可笑了。

有时候你慌乱无措，其实是你的参照物错了，向另一边看看，也许就知道真相了。就像生活中看似一件坏事，先不着急妄下结论，自乱阵脚，或许换个角度看，其实一切安好，你要做的，是只需让它发生。

明明是自己笨还硬总结出个道理，也不算亏。谁都可以嘲笑我的愚痴，但不能嘲笑写作者的自省。

阳光灿烂的随想

现实世界的悲欢之下，我们的生活带着炎症，休息一天都会恐慌。

记一梦境。

身处森林，四周都是叫不出名字的植物，枝叶葳蕤。伸手拨弄，如浪潮一般荡漾起渐层的绿。迈出的步子不大，走两步便能飞起来，不是俯瞰地表的高空飞翔，而像蹬单车，需要双腿费点力，才能微微腾空。我逐渐掌握这样缓飞的本事，不觉得累，反而感到舒适安宁。

我认为自己有控梦的能力，往往晨间时分的清醒梦，只要我意识到，都会职业病上身，将梦境带到一些波澜诡谲的剧情中去。像是如果预料到自己会飞，下一秒一定去拯救世界，或者安排被追杀的戏码。

这次的梦境，记忆很深，就是单纯地飘。蹬两步，腾空，落下，然后继续在坚硬的土地上迈步，不疾不徐，像是文艺片中一段景别不变的长镜头。

醒来后，身子自觉轻盈。我躺在柔软的床铺上，空调过分制冷，裸露在外的手臂关节冻得有些发麻。伸起懒腰，放肆的哈欠打至一半，瞥见床头那尊长满斑痕的佛头，乖乖闭上嘴，将空气咽了下去。要更禅意礼貌地对待这个早安。

木质结构的房间遮光不是很好，阳光一早从门窗的地缝里探出来，晃动的植物或者敏捷的野猫，时不时打上流窜的阴影。这段时间在普吉岛写作，许久没出国，从冬季的北京转到气温灼热的热带地区，身心整体都徐徐展开。推开门，院子里独有的兰花树香气馥郁，神清气爽不少，服务生正用落在地上的兰花做项链装饰，已经习惯彼此问候一句"萨瓦迪卡"。

在普吉岛的日子很规律。早晨空腹去健身房的跑步机上走半个小时，不敢跑，听说新冠的后遗症会伤人心，倒也成了我这种逃避运动的人最佳的借口。酒店过于丰盛的早午餐，往往能让人撑到下午。年纪渐长，饥饿感少了，从什么都往嘴里塞的状态，变成精准的"16+8"（一天内十六个小时不吃东西，只在八个小时内进食，听说不仅有效瘦身，也对健康有益处。只是听说，别盲目学习）。下午去公共休息室写作，临近日落，去泳池里扑腾一会儿。

常说日复一日的日子，容易让人产生倦怠感。海边生活有这样的魅力，即便什么都不做，也不觉得烦闷无趣。我可以用蹩脚的英文与服务生谈论一天的树，在沙滩的躺椅上看一天的海，看地上蠕动的毛虫，发漫长的呆。

同行的朋友很爱玩二选一游戏，问我，如果人生地图就是普吉这座小岛，不能出去，然后送我酒店一隅安逸的豪华洋房，家人朋友也可以来看望我，用这样的生活与我现在的生活交换。换不换？

以前的我，第一反应肯定是拒绝的，对这种极端的幸福有敏感的警觉，害怕持续性的高潮，会变成一条索然无味的直线，有低潮做对比，才有分辨幸福的能力。换作现在，竟有一丝迟疑，直线也挺好的，我们就是太激荡，反而很难回到那种心底暖和而清净的状态。

早几年汲汲营营地奔波来去，害怕浪费时间。忙碌换来的所得，无法消解情绪的苦症，于是看了很多道理，佛法也看。心殊胜，万物则殊胜，心庄严，娑婆世界也庄严。字字句句都懂，看似巨大的碗盏，却盛不下现实世界的柴米油盐。

想起写《你是最好的自己》那本书时，近乎是鸡血打满，斗志昂扬的状态，现在舍得放过自己，不追求"最好"，急事缓做，承认在取得一定结果之前，时间就是用来消磨的。

去年消磨了半年的时间研究水晶。不单是装饰用的珠串，还成箱往家里买水晶矿石，研究人体的脉轮，试图用晶石传说的能量辅助冥想。奈何才疏学浅，摸不清门道，可能还是被俗世的贪嗔痴裹挟，闭眼后还没来得及整理思绪，就秒睡了，实在悟不出个一二。

作罢，单纯就是喜欢各种矿石内藏的肌理。用手电照射后，光线穿破包裹的物质，呈现如油彩般的天工造物。穿越时间的雾霭，似乎能在它们身上看到山川湖泊，每一次洋流与地壳运动，瞥见亿万年前到访的陨石和怒吼的火山。

每一颗晶石特定的生长规律是造物的秘密，它们在地下经历长久的孤独，然后在某一天，被人开采，经过缘分的流转，出现在我手里，呈现出宇宙的几何。说它有用，未免牵强，说无用，但的确因此身心愉悦。

这个感官世界，无关乎目的的喜爱才勇敢，要消磨也要用自己喜欢的东西来消磨。

我向来是不爱跟风的，不会看书单推荐，爱看的书都是我看得下去的书。没有好电影，就反复看过往中意的。不用担心无聊，现代信息丰富，脑中自有橡皮擦，每一次几乎都当新电影看。

看过很多遍的电影和书，都是我认为的佳作。其实每次看都会打击自信，尤其身为创作者，难免为别人笔下的结构和足够成熟的工业叹服，还写什么书，还拍什么电影，天赋根本配不上热爱。可转念想，天上那么多美好的星星，不耽误你满船清梦，有些时候或许更适合仰望。

说到仰望，有人过分在意自己的外貌，因为一丁点瑕疵和缺陷就挑剔自己。容易被别人影响，看到一种生活就羡慕，狼狈地模仿那种精致生活，超前消费，买回一堆不适合自己的东西。等再看到物欲极低，钝感又松弛的人，又觉得这样的才是理想人生。这到底是取悦自己，还是骨子里对自己的否定和不接纳？

我不太能抽丝剥茧地解释何为"爱自己"，只能说爱自己的一个表象，即越发了解自己。你喜欢听什么，看什么，思考什么，这与他人的评断和建议全无关系。比如忘记我从哪天开始，像是被辛德瑞拉的仙女棒点了脑袋，对人活着的意义又有一些亮晶晶的看法。从前喜欢探究广度，尽可能多看世界，三五天游玩不同的城市，崇拜那些天文地理通会的百晓生；现在更讲究深度，愿意浪掷时间，只做一件事。

众有千万首诗歌，一卷书有一卷书的烟波，若执笔，你有自己的耿耿星河。

想起二〇二二年春天的一则新闻。NASA（美国国家航空航天局）宣布有一颗人类发现的体积最大的彗星，正在以每小时约三万五千千米的速度从银河系边缘向我们飞来。底下最高赞的评论很可爱，说菩萨保佑，一定要撞上。

遗憾的是，这颗彗星靠近太阳系中心要到二〇三一年，离地球的位置也很远。所有的灾难，都是宇宙的试探。

现实世界的悲欢之下，我们的生活带着炎症，休息一天都会恐慌。我读不懂宇宙的玄妙，弄不懂那些专业的熵增原理，我只相信，宇宙的大爆炸并不是一切的最初，更高维的时间轴是循环往复的，从混沌之初到万物尽毁，不过只是一面，它会翻回去重来。

此刻正在看这行字的你，你珍贵的爱和恨、流下的眼泪、骂过的脏话、离开的亲人；三毛每想荷西一次，从撒哈拉的天空飘下的沙；富人的欲望相撞，抖落满地的霓虹；早起的清洁工踩过的他人的门前雪；百慕大侵吞船只的三角洲；意外被人拍下的不明飞行物；南极大陆上不小心滑倒，跌入海洋的一只蠢企鹅……万物如此，每一次你以为的盛大和潦草，都在时空的分身中成为一枚小小的轴承，机械式地在无限循环的齿轮中转动着。不值一提。

天文学家说，会与地球发生碰撞的天体，如果隐藏在太阳的背面，那么人类有可能在其与地球发生碰撞的前三天，才得以知晓它的存在。

一腔热血的北野武在自传里写，他会在地球毁灭之前爬上屋顶，喝着老酒望着天，嘴里嚷嚷着："嘿，你就来吧！"我想起初到北京那年，还未拆迁的三里屯脏街有一家叫"二楼"的酒馆，店酒名曰"宝贝睡三天"，其实就是混酒加倍再加倍的长岛冰茶。如果三天后地球要毁灭了，我也要学北野武喝老酒，就喝这个酒，然后在慧星撞地球的那个瞬间醒来，我想看到人类共同的沉沦，终于可以让身体里那些振动的原子回归到宇宙中去。

重复活一次，再行至这个年岁，仍然会觉得很多事没那么重要了。

思绪飞了很远，被一只飞进屋里的蜜蜂打断，它的翅膀碰触门框，发出阵阵声响。

来普吉的日子已经过半。岛上可选的住处太多，以我的性格，下次再来，肯定会选个不一样的地方。有些地方此生只会来这一次，走的时候应该有点伤感，但我知道以后再看这篇文字，满目皆会是过往重现，肉身来不来，又有什么所谓？

宇宙中很多个忙得死去活来的我，也这样认为。

眼睛说再见

你以为做好了万全准备，该找上门的坎坷，仍然准点报到。

眼睛是心灵的窗户，我的窗户早在小学三年级就破败了。我父母都近视，这么明目张胆的显性遗传下，全家过分自信，放任我刷了太多遍《新白娘子传奇》《西游记》。我还一定要杵在电视机前看，好像白素贞施的每个仙法都能击中我，唐僧放走的每个妖怪都与我有关。

小学三年级，我坐在教室后排，看黑板上的字越发模糊。我以为这是长身体的一环，没与任何人说，努力虚着眼，摇头晃脑跟上老师板书的节奏。直到老师向我父母告状：你家孩子上课为什么要朝我做怪相！

天大的冤枉。父母带我去市里的医院做检查，我光荣确诊近视，不得不配眼镜。从医院出来那一刻，我们仨就是齐齐整整的一家人了。

我是我们班第一个戴眼镜的，他们看我像看动物，只要视线触及我课桌的方位，都忍不住打量几眼，还给我起了一个几乎所有近视的人共享的外号——四眼田鸡。我彻底成了班上的异类，难堪程度不亚于每天穿着裙子上学。为了挽回一个八岁孩子的自尊，我只在上课时戴眼镜，只要下课或是放学，就以迅雷不及掩耳之速摘掉，及时止损，保证不再有更多人见到我的四眼。

后来的结果就是一摘一戴之间，近视越发严重，之前配的眼镜不到一年度数就加深了，上课戴眼镜再虚眼，那位告状的老师心灵会二次受创的。无奈，只能长时间让眼镜焊在鼻梁上，我每推一下鼻托，自尊都在哀号，比起关上的窗户，小小年纪的面子更易碎。

因此，我变得更加内向，刻意与同学们保持距离，上学放学孤身一人，回家也不想说话，第一时间躲进厕所，偷偷照镜子。取下眼镜，鼻梁上被压出了两块小小的凹痕，我用力抹平，鼻梁都搓红了，再看手上的眼镜，怎么看都像是个张牙舞爪的怪物。

那时我怎么能明白，能够与别人不一样，是长大以后终身追求的事。

外公看出我的心思，某日放学，他在学校门口等我，笑得阳光满溢，脸上架着他看报用的老花镜。那副眼镜我戴过，特别晕，他说没关系，这样我们爷孙俩都不奇怪了。

他带我去我最爱的川菜馆子（外公从不下馆子，我记忆中为数不多的几次堂食，都是家人拽他出来的，他对食物偏执，只爱吃自己和外婆做的菜），火爆腰花炒得油光锃亮的，鱼香肉丝配白米饭吃，特别香。两碗饭下肚，再来一碗番茄蛋花汤暖胃，肚子一定要吃成圆鼓鼓的，一顿午餐才算了结。

我与外公啜着汤，再一抬头，我俩镜片上生了雾气，外公笑我，我也笑他。说来奇怪，小时候的不愉快，很容易被转移，长大了同样是鸡毛蒜皮的感受，就容易装在心里反复咀嚼，直到将情绪逼入一个负面的境地，感觉全世界都对不起我。分明是自讨苦吃。

那顿午餐，外公几乎没怎么吃，他说不饿，现在想来，定是那老花镜让他晕得难受。

这天之后，我不再抗拒戴眼镜这个事实了，我的自卑不是一副眼镜带给我的，而是心底对自己的不认同。与自卑说再见，需要时间，那时年少，我还有很长的路要试炼。

近视眼的世界很奇妙，一切都是虚焦，看万家灯火不是灯火，而是发光的星球。远山的面貌以另一种三维方式堆叠在我的脑中，深冬见路旁的树杈子更是干枯，夜空的一轮圆月，看起来像一朵盛开的花。

我这眼镜一戴就是十几年，两块镜片将外面的世界拉向我，镜托上的油渍，擦过的眼镜布，还有不断上涨的度数，共同陪我度过整个青春。

有一副陪了我很久的黑框眼镜，在汶川地震时被同学踩碎了。

我的高三很特别，学校在对面的写字楼里单独租了一整层给我们高三部，每天上学像是上班。写字楼就四层，没有电梯，上下只有一处楼梯。

地震时，我几乎是被推出教室的，来不及做反应，眼镜掉在地上，我能看见它死在某只耐克鞋下，想弯腰去捡，被后方更大的力推开了。我用力虚起眼，前方的楼梯口堵满了黑脑袋，楼道里尽是此起彼伏的尖叫声，房子还在震颤，看不清希望。

直到一个女同学拉住我，说逃生通道开了，我们落在队尾的一群人回身向更深的走廊尽头跑去。从逃生小门来到大街上，熟悉的街口一片狼藉，车辆错落，行人抱团，还有围着浴巾光着膀子下来的人。我与那个女同学并肩站着，脚下的地面似乎还在晃，耳边有轰隆隆的声音，我双眼模糊，心悬在半空，身子站不稳。

从未见识过地震，只在地理课本上学过，亲自感受，着实恐惧。我惊魂未定，女同学握住我的手，说："这下我们都是过命的交情了。"

我们后来真的成了很好的朋友，哪怕不在同一个城市，也保持线上的良好互动，我拉她给我就职的公司做远程兼职。直到我出书，离开了之前的公司，又碰上几年的忙碌，我们联系渐少。等到她再主动联系我，只有一句："在吗？"这两个字让我心头一紧，果然迎来下一句，问我借钱，一开口就是一百万。我不是印钞机，当然拒绝了她。

非常现实，我们的聊天记录，也就停在了那天，再没有新消息了。

真正的告别，就是这样平静，像是在一个如往日一样的清晨，有的人和事就留在昨天了。

要将一个人看清楚，就要和他保持一定的距离。想起地震时，她握着我的手，脸上的五官在我眼中模糊成一团。看不清也挺好的，至少在那个时候，分离的五官失真，我能在脑中描绘每个部位的神奇。一旦看清楚了，反而就现实了，眼睛鼻子嘴巴，随处都是爪子。

第一次戴隐形眼镜是在大学，瘦下来之后爱美了。室友陪我在眼镜店戴了半个多小时才戴上，帮忙的店员额头沁出了汗。我眼睛不争气，只要感觉镜片贴过来，就抗拒闭上，疯狂流泪。

隐形眼镜与框架镜的视界不同，那枚透明的镜片附着在眼球表面，万事万物被放大，原本被拉长变形的边角，伸展成一个舒适的平面。想起那些年小姨在屋里捣鼓隐形眼镜的画面，科技改变生活，我应该早点参与。

摘掉眼镜的我像被解了封印，看着镜中的自己，万分欢喜。过往很少与镜中的我打交道，更加不会注意自己的双眼。原来我的瞳仁是浅褐色的，外缘的一圈黑很显眼，不经意看像是戴了彩色镜片。休息不好的时候，双眼皮会变成肿眼泡，但只要微微仰起头，便能看见双眼皮清晰的皱褶。

你想要什么，宇宙会拼命来帮你，但前提是，先真心地喜欢自己。那时还不懂吸引力法则，单纯是天时地利的迷信，运势真的好了许多。学生会升了职，朋友也变多了，感觉走在路上都会有人看我两眼。我爱写博客，一篇简单的随笔，动辄被推荐到新浪首页上，现在再看那些字句，虽然为赋新词强说愁，但也有难得的少年才气，放在现在的自己，还真写不出来了。

也是同年，我谈了场恋爱，与佳人电光石火。每日回寝室，从眼睛里取下镜片，耐心用护理液清洗，装进小盒子里，一副兢兢业业呵护爱情的样子。那时不知天高地厚，却在心上人面前不知所措，半天说不出一个字，第一次说爱，是用我的眼睛。

大师周国平说得好，眼睛是爱情的器官，其主要功能是顾盼和失眠。

只可惜，还是我们年纪太轻，喜欢一个人时不留余地，经不起平淡，很快就被日子打碎了。分手后适应了好一阵子，看到好玩的东西，总想第一时间与对方分享，但只能愣在原地，因为我们都不再拥有彼此了。

这之后，我很少再戴框架眼镜了，哪怕一天不出门独自在家，也戴隐形眼镜。我以为隐形眼镜就是一件穿在眼表的衣裳，但其实是向未来提前透支的美丽。有一年闲来无事，在家重温《泰坦尼克号》，哭到隐形镜片掉出来，就再也戴不回去了。眼睛像被灼烧，莫名疼痛，在镜前一看，红血丝像是蛛网爬在眼白上。去医院检查，大夫说我是结膜炎，外加严重的干眼症，建议我不要再戴隐形眼镜了。

我难过的不是眼睛生病了，而是我才意识到，原来我青春的时候，也曾上过那艘船，有一个互相讨论你跳我也跳的人。很多时候的爱情，在当时看不清楚，要以后才看得到。

黄昏徐徐降临，眼睛不像从前那么年轻了，有些人就是放在回忆中了。问我遗不遗憾，多少是有的，遗憾在于回望那些感情时，人事已非，而那段鲜活的爱，最后只能沦落为称手的教训，提醒自己在爱的时候，别忙着找不爱的细节，不爱了，也就别再搜索爱的痕迹。

我没戒掉隐形眼镜，就这么停停戴戴，又过了多年。我不知道别人，当我心情不好的时候，喜欢拿自己开刀，要么疯狂正骨，要么疯狂健身，我只能通过外表体征的恢复和变化，来证明自己一天天活得有意义。

临近春节，动了个大刀，做了近视手术。我的眼睛条件，只能做晶体植入，简单来说，就是在眼球上划个口，放一块永久的隐形眼镜进去。之前冲动过好几次，都在临上场时找各种借口脱逃了，这次没多想，做完全面检查就交了费。

手术当天，我躺在手术台上，散瞳之后眼前尽是雾，厚重的纱布盖在脸上，露出一只眼睛。手术刀在我眼前划开纱布，我能看见医生拿着各种工具向我靠近，眼睛顿时传来一阵压迫感，所见是小时候看的万花筒。画面如此诡谲，可我不怕，也感觉不到疼痛，因为在那一刻，我好像看到了宇宙。

有一种说法，眼睛其实就是宇宙，而宇宙是"别人"的眼睛，正如闭眼的时候，那些散漫的光斑和形状，就像是宇宙的一部分。科学层面的解释，我们看到那些点状或片状发光图案的现象，叫作"光幻视"，像做眼保健操那样捏捏眼皮，给眼睛施加压力，也可以快速引发光幻视。这只是神经系统的幻觉。但我还是想诗意地承认，出现在眼中的这些犹如细胞、花朵、云雾、飞蚊的图像，可能就是某处星空的位置。

手术恢复期间，不能常看电子设备，一个人待在家中，有一种被抛弃的感觉。想起那个在荒废的地球收拾垃圾的瓦力机器人，扑闪着两个大眼睛，他哪里懂得孤独，只有在碰见伊娃的时候，才明白了孤独。

还好时间不是消耗，而是完成，足以让我们接受孤独，适应孤独，与孤独共生。随着眼睛恢复，日子渐渐明朗起来。近视手术只是矫正了我的近视，但眼睛落下的病症还在，我仍然隔三岔五往眼科医院跑，医生说我眼睛的睑板腺几乎完全闭塞了，得靠人工睑板腺按摩，将淤积的分泌物挤出来，还要保持一周一次的熏蒸。

人类最依赖习惯，即使明明是习惯造成的伤害，只要不去想不去看，太阳照常升起。

最新的眼睛检查报告说我眼内晶体的位置良好，只是左眼的拱高数值降低得有些快。这个可以粗暴理解为，晶体植入后的眼睛像个汉堡，有人在按压它，汉堡越来越扁，最后会不太好吃，哦，不是，会提前变成白内障。

常看的辩论节目里，题目会设置各种奇葩的按钮，什么按一下前任的生活就会鸡飞狗跳，按一下全人类的知识可以共享。如果有一个按钮，按一下，我会永远健康，火眼金睛，我一定大按特按，用筋膜枪按。但如果问，有一个按钮，可以让你忘记那些伤心的人与事，我可能会有所迟疑。毕竟我多么感谢曾经这些丰富的体验，就算结尾不那么美好，至少我也亲自说了再见。

我不爱做计划，更不擅长未雨绸缪，我的天赋就是好好感受那么多过去换来的现在，天然免疫父母的唠叨，什么养孩子防老，别蹦跶少冒险，你以为做好了万全准备，该找上门的坎坷，仍然准点报到。不考虑来日，等不了方长，我永远也不会为了最后那二十年糟糕的生命质量，牺牲此刻本该享受的体验。

身体是心智的仆人，心的养成比较重要。

这一年，我经常去公园，北京的公园都好大。

在北海公园划船，挤在景山公园的人堆里看落日，去玉渊潭的樱花树下拍照，享受这些最好的朴实的瞬间，以弥补之前都没有真正睁开过的双眼。

满意人生

我更喜欢用「满意」来形容人生，它是一种向内的问询。

十八岁的成人礼上，有位市里来的心理专家，让我们想象一个关于未来生活的画面。我印象颇深。

那段时间，所有人淹溺在油墨味的试卷里，头上的老风扇闷闷不乐地转着，斑驳的墙壁酝酿着一场告别，那个蝉鸣的夏天特别漫长。我站在队伍中间，用力吸紧被太多滋补高汤撑大的肚皮，紧闭双眼，幻想了好长一段时间的未来。

我天生是个幻想能力极强的人。作为楼下影碟出租店的常客，那时候 TVB 的电视剧四十分钟一集，播完取出碟片，我傻坐在地上，再脑补四十分钟的番外。小学学画画，听闻画室的学姐收到了霍格沃茨的来信，上过一年的魔法学校，当晚我拽着棉被一角，诚惶诚恐地盯着自家窗户，试图迎接那只不请自来的猫头鹰。天花板上的树影招摇，不经意一瞥，似撞见摄魂怪，整宿不敢合眼。

上课永远有办法消磨时间。想象自己是被选中的超能力者，上天入地教训突袭的怪兽，或是用铅笔在桌上画漫画，画完一幕擦一幕，橡皮屑散落在座位四周，如同布了结界。有一次上课老师忍不住问我："你到底一个劲儿在擦什么？"我说："老师，桌子它……脏啊。"那时我还不懂洁癖这个词，否则说出来应该很前卫。

在自家卧室里度过漫长自习的方式，一种是坚持过家家的玩法，用玩具和手办导演剧情，还有一种，耳机里偷偷放着音乐，我自己对口型演绎 MV。枯燥的学习生活再是一潭死水，也经不起我在岸边扔石头打破平静，青春总是忙碌，都比温书用功。

学生时代的我，不算怪异小孩，偶尔半透明，被班上几个混子同学拿胖和声音调弄，思来想去也称不上霸凌，也不知道自己身上这种"请勿打扰"的气质从何而来。我不擅交友，日常交流的对象，基本就以课桌为圆心，前后左右的那几个同学。

直到此刻，生命中没留下太多保持联络的老同学，不觉得遗憾，唯一能让我偶感空落的，是明明每个人都有的青春，轮到我锚点时，精彩的回忆站得老远，根本定位不到我心里的海。

成了作家之后，有了世俗定义的"成功"，经常需要在各种场合回溯自己的成长路。除了上述的自娱自乐，其实我不太有显性的文学基因。自小在成都市郊长大，生活半径以十分钟步行丈量，与家人囿于自在又疏离的安全茧房，出门叫"上街"，去市里叫"进城"。

上街大多是为了随家人赶集，进城的目的相对私人。我喜欢独自泡在城里的大书店，家人以为我爱阅读，不吝于给我买书，但其实我爱看的是《哈利·波特》和《鸡皮疙瘩》，还有那种用一张摩尔纹原理的卡片去解密的闲书。为了达到目的，只好雨露均沾，在文学名著和教辅中，偷偷夹带几本自己真实喜好的书。那些年书买了不少，看得下去的不多，我这个人设坚持到现在，爱读闲书，爱买书，买过即看过，看过就忘了。

一直很佩服那些看经典名著不犯困，且能清楚记得一长串人名翻译的读书人。凡是他们读过的书，便能咀嚼成自己的养分，在适宜的场合将这些有阅读门槛的段落信手拈来。换作我，无论面前的是山珍海味，还是早餐摊的一碗面糊，都是囫囵吞下，当下温饱，只会说，好吃，隔一段时间之后，反问自己，我吃过吗？

我脑中太多怪力乱神，下笔很少犹豫，作文课的随堂作业花二十分钟就写完了，还常被语文老师当作范文来念。现在想来，要感谢他，因为只有他懂我的文风。

那时无论是作业还是大小考试，我常写寓言故事，不管何种题材，哪怕给一段材料写说明文，我也要虚拟一个世界观来暗喻。比如用丢失法力的魔法师，来写追求梦想的人；用风之国里随意飘荡的蒲公英，喻我最好的朋友。角度确实刁钻，八百字的作文，不认真看完前四百字，很难知道我在写什么。因此，只要碰上我的语文老师改卷，作文分就高；碰到其他老师盲测，就说我偏题。这使我的语文成绩非常不稳定。

后来听说老师改作文的方式一般只看开头和结尾，于是我换了个写法，开头结尾直抒胸臆，再加大段排比，余下四百字的任性都放中间，才勉强过了考试这关。

中学喜欢买各种杂志月刊，参加过一位漫画家的签售，因为羡慕可以在一本书的扉页签上自己的大名，回来后我也给自己设计了一个签名，还假模假式地在空白的作业本上练手。这或许就是年少无知的我，误打误撞向宇宙下了订单，才让我日后在扉页上签了无数遍自己的名字。

从未参加过任何作文比赛，唯一留下的文学痕迹，是六年级在作业本上写的恐怖小说。有一年春节回家，从床下的柜子里翻出这个本子，封皮已经发黄卷边。开头第一段写着温馨提示：本文含有血腥、恐怖的描写，请阅读前仔细考虑。体贴入微，多少有点可爱在身上，很想给那时的我，一个隔空拥抱。

这个世界就是这样的，越发结果导向，当我成为今天的我时，所有的过往，就都有了意义。如果我留在老家，仍然在十分钟步行的圈里生活，星辰大海是内心执念，唾手可得的只有油盐酱醋，做着一份朝九晚五的工作，为明天织茧，供养一个更够不着的明天。当重新翻出这个作文本时，我只会说："看啊，都怪我上学时不认真，不懂得知识改变命运，偷偷开了一个普通的小差，就为多年后的荒唐，埋下了伏笔。"

所以我不相信成功学，成功是向外的定义，它有一种太多复杂因素的拉扯之感，更像服务于他人眼中的自己，是一种惯性陷阱。正如"柏林定律"所说，成功的最大障碍，莫过于取得不断的成功，站在高处会忘记自己到底要什么。

直到现在这个年纪，看到那些能被世人仰望的发光的人，我仍觉得是天赋和运气使然，努力占据的比例，只有在需要鼓励别人的时候才被提起，包装成一个好像谁都可以成为天之骄子的范本。况且在这个功利的世界说成功，没有意义，因为除了自己的亲人，人们大体上是不愿意看到别人太成功的。

前几年书店的畅销榜上，都是励志成功类的书，而这几年聊的是钝感力和心灵疗愈。当世界的日常运转变成跌宕起伏的剧本时，身为字句的我们，只想躺平和别太拼。一副要共沉沦的姿态。

我自己也深有感触，换作几年前的我，同样的鸡汤，我会写：人生所有的经历，都是有迹可循的，每一步都算数，就像拼乐高，如果少了一两块零件，也许会不稳。但现在的我会写：拼过乐高的人都知道，那么多精密的零件，经常容易弄丢一两块，但不必勉强找到啊，因为其实根本不影响你拼完它。

我更喜欢用"满意"来形容人生，它是一种向内的问询，毕竟这一生，是自己的事。你此时做的事，是你真实想做的吗？你现在的生活，让你感到舒适吗？你爱的人，也爱着你吗？其实很多问题，自己都能给出答案。如果答案是积极的，那其实你就已经与过去和解，重视现在和不惧未来了。如果不是，也没关系，运势和缘分是流动的。所有的困惑都处于当下，但你肯定会往前走，因为我们这一路，都要被迫放下带不走的林林总总，然后迎接下一个困惑。

很多问题最后不是解决掉的，而是忘了，算了，来都来了。

想到电影《东邪西毒》的一段台词：每个人都会经过这个阶段，见到一座山，就想知道山后面是什么，我很想告诉他，可能翻过去，你会发觉没什么特别。

这很像我这些年的体验。

每写一本新书，爬一座山，无论翻山越岭之后或热闹或冷清，都要面对接下来的一句——然后呢？即使剧透给你，沙漠的后面，是另一片沙漠，而偏执如我们，仍然会亲自去经历，即使预见了所有的悲伤，依然愿意前往。所以神明从不担心人类会无聊，因为他们是最会折腾自己的物种。

我想只身站在旷野中，等待一场精神世界的大雨，在外人告诉我该如何如何的时候，那场雨倾盆而下，天地架起长梯，那时每个雨滴都是为我降落的，听到的每处拍打声都是自由的喊声，淋湿的每寸皮肤都在真实地活着。

十八岁的成人礼上，心理专家说，下面要抽一位同学上台，与大家分享他刚才想象的未来画面。那一瞬间是最佳薛定谔，明明只抽一个人，搞得全年级都很紧张。很不巧，专家点到了我，我大步流星地上台，浑身散发着自信，眼中有光。

"I have a dream（我有一个梦想），我会成为著名作家，站在最高领奖台上，作品享誉全世界。"

现场掌声不绝，而另一个薛定谔的我站在台下，隐于人群中，我用力呼出长气，圆滚滚的肚皮终于放松。庆幸没有被点到，今天的好运气值得晚上多吃两个肉包子。

当时幻想的未来画面，我到现在还记得。我想有一家自己的影碟店，我就坐在门口，一边关注着小彩电上的最新剧集，一边为租碟的客人登记资料。身后整齐码放着厚厚的资料夹，里面零星夹着几本喜欢的书，还有新写的自娱自乐的小说。旁边养的小狗吠个不停，它一定想着我桌上那盘清爽的西瓜。

还是这个我比较真实。

时间行进至此，VCD机这个介质早已消失了，而我是各大视频网站的高级会员，实在看不了的，还能找盗版资源。我当然没有成为著名作家，但在北京有一个朋友圈，大家来自各行各业，自嘲不著名，于是叫"者名家族"。所以我是者名作家，草，不重要。

从为别人活着到为自己活着，是一段周而复始的迷宫；从索取幸福到感知幸福，是一次泄力的拔河；从认清生活到热爱生活，是一场永恒的跋涉。这一路，若合我意，一切皆好。

还要一起
看很久的月亮

写这本随笔集，让生活回到了单一的状态，一天除了吃睡，基本就只有这一件事。

　　在海边写了一段时间，回到城市里，又泡在各种自习室进行创作。其实随笔的写作体验不及写小说自由。虚构的故事，是与外界的一场拥抱，因为没有条条框框的限制，便可以往最远的星辰大海跑去。只是过程会累，更需要喘息。

　　而随笔，像是点一盏孤灯，给自己营造一个相对封闭的小世界，不顾外面的风雪，脱掉束缚的外套，穿上自己喜欢的睡衣，坦诚交代自己的人生。

　　写到深处，甚至有种人之将死的错觉，飞蝇撞上头上微弱的灯火，翅膀灼烧成灰烬，落在某处情深义重的字句上，恍然像是跋涉这短短数年的遗书。

很多作者都出版过随笔集，反观自身，写了十年的书，这竟然是第一本随笔散文集。其实这些年有好几次写散文的想法，但反复思忖，还是否了。一来实在不喜欢回望，这是一个耗心神的事，要将过去的回忆从脑中上锁的匣子里取出来，如果是圆满的还好，就怕连带着那些陈芝麻烂谷子的事，唐突地一并取出，让自己清醒，又要伤心一次。二来我是一个很有边界感的人，有些事连跟亲密的朋友都懒得说，更何况与远方的客人攀谈。

创作小说，虚虚实实都有糖衣裹着，如何生长，是读者决定的。但随笔不行，散落絮叨，敲下的每个字，都想尽量让那些汹涌的、失控的、俗套的、私密的真实经历变得有声有色。

小说走脑子，随笔交心。

常被读者说，羡慕我的工作正好是我的爱好，而他们都在做自己并不喜欢的工作。我必须坦诚，我是幸运的。但是有些人将工作看得太高尚了，工作就是工作，做好它，赚到钱就可以了，并不需要爱上。

其实如果把一个爱好变成工作，同时也就失去这个爱好了。因为会患得患失，会消耗很多情绪，会有别人无法想象的压力，觉得对不起自己，对不起他人，变得自负又拧巴。

回看我曾经的文字，青涩但珍贵，几本书的积累，让青春作家的标签定型。标签这个东西好坏参半，能够让人一眼认知，同时也将自己牢牢焊在那个固定的货架上。

书是写作者真实的年轮，每本书我都试图让路过的人看一眼我的成长，可力有不逮。有过迷茫，但也自省，不能享受了畅销的热闹，又想要遗世独立，占用了关注带来的所有好处，被指责也是应有之义。

我真正要做的，是不辜负那些情深意切的喜欢，有人愿意在陪伴中读懂你，本身就是缘分的命题。

看完这本书的读者，应该能窥探到很多我从未提及的自己。写这本书之前，情绪不太好，或许与大环境有关，也或许只是创作焦虑。

每本书的写作过程，几乎都伴着与自我和他人的极限拉扯，包括这本随笔集，我深知这一过程中充满冒险。站在市场角度，随笔门槛太高，人们经过这些年信息流的冲击，对文学越发挑剔，容忍新作的能力降低，更何况我仍被划为青春作家一流，或许早就过时了。有太多短视频可以填补思维的空缺，即便要看，经典书一读再读，也尽是收获。

我知道自己只是一颗普通的星星，每次发光都来之不易，更要珍惜羽毛。两年没出版新作，风云变幻，怕被读者抛弃，又不想被读者牵绊；想证明自己，可是没有那么多人会为你停留，舍弃自己的时间，只为了解你的成长；想有自己的表达，都赖给外界的负能量，没心情说半个字。

我很少失眠，往往只有第二天要去旅行，才会像个兴奋的小孩精神抖擞。有段时间我常睁眼到半夜，睡得很轻，房间要完全遮光，一点声音也不能有，否则只要惊醒，脑中就会反复咀嚼这些苦楚。我是个靠想象力工作的人，尤其在思绪茂盛的半夜，更会预演很多提前疼痛的画面，越想越难过。

我想过办法解决，靠一点要强的天分，强迫自己动笔写新书，思考了很多方向，记录灵感的纸笔放在一旁，电脑开在眼前，却什么也写不出。人生最难过的，就是想要有改变的决心，却没有为此奔赴的勇气。

那些还没有离开的读者，仍然耐心等待我的新作品，说这么多年过去，我的文字还是在照亮他们。都说我是星星，可那段时光，好想有人拥抱我，以撑起我不小心的坠落。

这几年，我看到好多人心理情绪出现问题，原生家庭的阴影，社会对男女性别的差别对待，还有明明享受了时代福祉的前辈，叉着腰油腻地教导我们还不够努力。物极必反，大家都不想再卷了，不必表演优秀，不必向妖风致意，更不必向外界证明是最好的自己。

我也是。出书这十年，我站在岸边，像在独自放烟火，外人就站在安全距离礼貌地鼓掌，他们说：好漂亮，好灿烂，好喜欢你，你是对的，你全都是对的。我坚持每本书精致的装帧，像礼物一样的书名，写快节奏没有尿点的故事，眼花缭乱的宣传，声称每本书都不一样，但仔细想来，似乎也一样。我自己吧唧着嘴，也觉得索然无味了。

我决定不放烟火了，去他的掌声和鲜花，人生本就是空手来去，在高低的声势中拯救自己。

从前说过一句很官方的话，我说只要还有一个人愿意看我写的东西，我就会继续写。那时面对成百上千的现场观众，这话说得挺口是心非的，年少贪心，只想让越来越多的人喜欢我。现在想来，写到最后，不真就是为了那几个留到终场的观众嘛。我想停一停，收起野心与争辩，不去更远的远方了，转而回家，收拾心房，聊聊我们共同面对的生活。

动笔之初，不太习惯，或许还有包袱，写得不顺，直到写故乡龙泉，回忆的锁扣被打开，与故乡有关的好几篇都是一气呵成，连着写完的。所以我决定把这些我最私密，或许也最与读者共情的篇目放在开头。

过去我很少提及故乡，毕业后毅然决定来北京，多少带着与过去永诀的心态。

故乡于我，是灰色的。狭小的镇子装不下梦想，欺负过我的同学，只看成绩的势利老师，除了家人，我对那座围城没有多少留恋。捡起过往，太多心伤，那充满烟火气的逼仄街道组成了熟悉的地图，我以为我忘记的，却比任何时候都记得清楚。之后，不愿再提的故人，尘封的往事，藏匿的弱点，哀伤与快乐并存的情绪，一一交付于这本书了。

当表达自由时，心便豁达了，更加确定创作这本书的意义和目的。阅读至此的读者，都是我邀请来的客人，来都来了，也来我的卧室参观一下吧，我把床头柜的抽屉都拉出来给大家伙看看。

写这本书的过程从颓丧至坦然，从每个字句都斟酌，到每个话题信马由缰，你若通读一遍，或许能察觉出一些情绪起伏的转变。

我喜欢月亮，虽然它没有太阳耀眼炽热，但在长夜中出没，温柔地反射着太阳的光，抬头便能看见，慰藉了多少深夜失意的孩子。这本书也像月亮，承载了我的阴晴圆缺，或者有幸也能代入你的悲欢离合。除开这篇后记，前二十九篇随笔，就视作二十九天的夜晚吧，那些月亮逐渐由缺变满的二十九天里，有眼泪，有遗憾，有愤怒，也有悲哀，它或许不够完美，但我们不能只赏十五的月圆，却不记得余下的缺。

不过没关系，我们不会永远困在昨天，当我们抬头看二十九次月亮，看到这里时，希望你的心上能够升起一轮圆月。

我不在意这本书的生命力，不用过几年，也许就到年末，再看其中的一些文字，我自己都会嫌弃，但这就是随笔的可贵之处，记录此时，活在此时。像是在永不打烊的酒馆，饮了七分将醉未醉，抛下十斗未满的杯盏，执笔写故事。有醉话，有絮叨，有叹息，也有笑，皆为真心。

唯有真诚者才能识别真诚。

我写过的书里，总提到《冰川时代》里的那只松鼠。我喜欢这个角色，因为它永远都在追寻那颗橡果，可永远也得不到。或许正是因为"得不到"，所以"永远"。就像这本书里提及的一些感受，也许你很认可，耐心抄写下来，某句还有幸成为你的个性签名，也或许你潦草看过便忘了，都无碍，怎样都好。这十几万字琐碎的篇目，也就是一颗小小的橡果，吃下也好，弄丢了也好，都会结束，也都会开始。

这个世界太吵闹了。如果你无畏，有人说你冒失，如果你害怕，有人说你没用；如果你善良，有人说你软弱，如果你坚硬，有人又说你用力；如果你好看，有人说你的成就空有皮囊，如果你不够好看，有人又说外表至关重要；如果你赚不到钱，有人说你这辈子就是如此普通，如果你优秀，有人说都是运气好；如果你在亲密关系里受伤，有人说是你自己不表达，如果你表达痛苦，有人说你没有被讨厌的勇气；如果你不想结婚，有人说可惜，如果你结婚了，也有人说可惜。

你无法改变这个世界上的大多数人与事，但可以捂住耳朵，悄悄改变自己。此生好短，不要长叹。

电影《宇宙探索编辑部》的结尾，各类星系组成了偌大的宇宙，而宇宙最终形成 DNA 基因组，很像我看过的书提及的概念。我们即是宇宙，宇宙即是我们。或者说，因为有了生命，才有了宇宙。而我们的基因里，天生写下了爱。

我们经过长夜，只要抬头，月亮都还在。你只需确定，饿了煮冬雪，深秋抓落叶，盛夏淋雨也浪漫，旷野的春光都不及你灿烂。

就以这本书作为暗号，愿我及我的读者都长命百岁，情绪健康，美好大方，还要一起看很久的月亮。

图书在版编目（CIP）数据

抬头看二十九次月亮 / 张皓宸著 . -- 长沙：湖南文艺出版社，2023.9
ISBN 978-7-5726-1372-2

Ⅰ . ①抬… Ⅱ . ①张… Ⅲ . ①散文集—中国—当代
Ⅳ . ① I267

中国国家版本馆 CIP 数据核字（2023）第 148774 号

上架建议：畅销·散文随笔

TAITOU KAN ERSHIJIU CI YUELIANG
抬头看二十九次月亮

著　　者：张皓宸
出 版 人：陈新文
责任编辑：张子霏
监　　制：毛闽峰　刘 霁
策划编辑：陈 鹏
特约策划：一 言
特约编辑：孙 鹤
营销编辑：罗 洋　刘 珣　焦亚楠
装帧设计：梁秋晨
封面插图：日下明
文前彩插：日下明
内文插图：夜三雨
出　　版：湖南文艺出版社
　　　　　（长沙市雨花区东二环一段 508 号　邮编：410014）
网　　址：www.hnwy.net
印　　刷：三河市天润建兴印务有限公司
经　　销：新华书店
开　　本：875mm × 1230mm　1/32
字　　数：194 千字
印　　张：9.5
版　　次：2023 年 9 月第 1 版
印　　次：2023 年 9 月第 1 次印刷
书　　号：ISBN 978-7-5726-1372-2
定　　价：49.80 元

若有质量问题，请致电质量监督电话：010-59096394
团购电话：010-59320018